SV

Ulrike Edschmid

Levys Testament

Suhrkamp

Erste Auflage 2021

Satz: Satz-Offizin Hümmer GmbH, Waldbüttelbrunn
Druck: CPI books GmbH, Leck
Printed in Germany
ISBN 978-3-518-42974-7

Levys Testament

Für Ginger Joe

1

Im Winter 1972 war ich mit einigen anderen Studenten der Berliner Filmakademie wegen eines Underground-Festivals nach London geflogen. Von »Cinema Action« hatten wir gehört. Die Gruppe war bekannt geworden mit Filmen über den Pariser Mai 1968, über die Streiks der Docker auf den Werften von Glasgow und den Widerstand der Iren in Londonderry. Die Akademie hatte den Flug bezahlt. Eigentlich wollte ich keine Filme sehen. Ich wollte nur raus aus Berlin. Weg aus dieser Stadt, wo die Vorsicht mich wie ein Panzer umschließt, während die Polizei nach einem Mann fahndet, der aus meinem Leben verschwunden und mit falschen Papieren untergetaucht ist. Immer auf der Hut, kein unüberlegter Schritt, kein verräterisches Wort, keine Spur legen, die zu dem Gesuchten führen könnte. Endlich wieder unbeschwert eine Straße entlanggehen können, ohne den Blick über die Schulter, ob mir jemand folgt. Ich lande in einem schmalen Backsteinhaus in Holloway. Drei Stockwerke, steile Treppe, zwei kleine Zimmer auf jeder Etage. Fenster zum Hochschieben. Wie ein Fallbeil, wenn man den Kopf hinausstreckt. Ganz unten der Münzautomat für die Elektroheizung. Ist das Kleingeld verbraucht, wird es kalt und feucht.

Das Haus ist ständig voller Menschen. Ein Kommen und Gehen. Morgens kräuselt sich Bacon neben den Toastscheiben auf dem Grill über dem Herd, Eier werden in die Pfanne geschlagen. Irgendjemand setzt immer wieder den Wasserkessel auf, hängt eine Handvoll gelber Beutel von Lipton in eine zerbeulte Aluminiumkanne und lässt den Tee ziehen, bis er so bitter ist, dass sich die Zähne pelzig anfühlen.

Es ist nicht klar, wer in dem Haus wohnt oder nur zu den Redaktionssitzungen der »Islington Gutter Press« vorbeikommt, einer Zeitung, die sich für die Rechte der Bewohner von besetzten Abrisshäusern stark macht. Abends, wenn die Artikel geschrieben sind, sitzen andere Leute am Küchentisch und verfassen Solidaritätsbekundungen für acht Anarchisten im Gefängnis, die der militanten Gruppe Angry Brigade zugerechnet werden. Unter der Devise »Wir greifen Besitz an, keine Menschen« soll die Angry Brigade selbst hergestellte Sprengsätze vor der Botschaft von Francos Spanien und dem Haus des Arbeitsministers Robert Carr gezündet und einen Übertragungswagen der BBC bei der Miss-World-Wahl zerstört haben. Im Sommer 1971 waren vier Frauen und vier Männer in Stoke Newington, einem an Holloway grenzenden Stadtteil, verhaftet worden. Seitdem tauchen sie als die Stoke Newington Eight neben Fotos von der verwüsteten Küche des Arbeitsministers in der Presse auf. Der Minister war für einen Eingriff in die Rechte der Gewerkschaften verantwortlich, der im ganzen Land eine Streikwelle ausgelöst hatte.

Die Unterstützergruppe, die sich nachts am Küchentisch in Holloway auf den kommenden Prozess gegen die acht Anarchisten vorbereitet, montiert das Foto der zerstörten Ministerküche für ein Flugblatt neben das Bild eines kleinen Kindes am verrotteten Spülbecken in einem Londoner Elendsviertel. Die Küche, heißt es, kann innerhalb von drei Tagen repariert werden. Aber, so ist unter dem anderen Foto zu lesen, kann es jemals wiedergutgemacht werden, wenn Menschen in einem solchen Dreck aufwachsen?

In dem Haus in Holloway geht es zu wie in den Räumen der polizeibekannten Fabriketage, die ich in Berlin mit Freunden teile. Beunruhigende Informationen überstürzen sich, Gerüchte über Hausdurchsuchungen kursieren, Menschen verschwinden in Eile, andere tauchen plötzlich auf, und ich weiß nicht, ob ich vom Regen in die Traufe geraten bin. In der Nacht liege ich unter meinem langen Hasenfellmantel im Bett und friere. Dann spüre ich den nackten, warmen Körper eines Mannes neben mir, dem ich schon einmal begegnet war. Auf einen Schrubber gestützt, hatte ich in der weitläufigen Etage im zweiten Hinterhof gestanden, als er in Stiefeln und schwerem Mantel über die frisch gewischten Böden kam. Die Haare schwarz und lang. Gelbe runde Brille. Mein Sohn hielt ihn für einen Chinesen. Er hätte alles sein können, Inder, Mexikaner, Mongole. Nur kein Engländer.

2

Statt mit den anderen Studenten ins Kino zu gehen, fahre ich mit dem Engländer nach Brixton. Wir nehmen den Bus, nicht die U-Bahn. Die Bomben der IRA sind eine allgegenwärtige Bedrohung. Wer kann, meidet den Abstieg in die Unterwelt. Eine Rolltreppe nach der anderen, tief hinab in einen Schacht, aus dem es bei einem Anschlag kein Entkommen gibt. Wir bleiben über der Erde, sitzen eng beieinander auf dem Oberdeck in der ersten Reihe und durchqueren die Stadt in einer endlosen Fahrt von Nordosten nach Südwesten. Manchmal verlassen wir unseren Ausguck, gehen ein Stück zu Fuß, holen uns ein Sandwich und steigen in den nächsten Bus. Auf der rechten Seite der Parkhurst Road die lange Mauer von Holloway Prison. Hier warten die vier Frauen der Stoke Newington Eight auf ihren Prozess. An den Wochenenden ziehen Freunde aus der Defence Group vors Gefängnis und drehen Verstärker mit Songs von Jimmy Cliff auf, die sie mitsingen. »The harder they come, the harder they'll fall.«

Weiter Richtung Carnaby Street, wo der Engländer in der Nelson School of English Sprachunterricht gibt. Links Holborn, Kingsway, die ehemaligen Studios von Ready Steady Go mit Playbackauftritten der Beatles, Donovan, The Who, Van Morrison und den Rolling Stones, freitagabends im Fernsehen. Längst haben die Stones sein Leben verändert, sagt der Engländer. Er ist fünfzehn, als er in der Bakerloo Line, die ihn von Kingsbury nach Cricklewood in die Schule bringt,

Charly Watts gegenübersitzt. Der kratzt ihm mit einem kaputten Kugelschreiber ein Autogramm auf die Monatskarte. Im Studio von Ready Steady Go imitiert er Mick Jagger und gewinnt den ersten Preis. Mit der Urkunde in der Hand läuft er nach Hause, durch Soho, Mayfair, durch die Viertel der Reichen am Rand des Hyde Park. Bei Marble Arch stößt er auf die Edgware Road, früher eine Römerstraße, fünfzehn Kilometer lang. Er läuft durch die Nacht, bis die Gegend ärmlich wird, kommt an einem Wasserreservoir vorbei, an einem kleinen See. Dort biegt er in die Kingsbury Road ein, läuft und läuft, bis er im Morgengrauen Central Parade erreicht, ein Backsteinhaus mit Laden im Parterre, in dem die Mutter Bata-Schuhe verkauft. Das rote Schriftzeichen leuchtet über dem Schaufenster. Wohnung im zweiten Stock. Küche, Wohnzimmer und eine Kammer, die er mit seiner älteren Schwester teilt. Als sie heiratet, sagt er, hat er das Zimmerchen für sich.

Ein Foto, das er in der Brieftasche bei sich trägt, zeigt die Ecke des Sofas, das die Eltern nachts ausziehen und tagsüber zum Sitzen zusammenschieben. Es steht am Fenster. Dunkler Bezug mit geplatzten Nähten. Auf der Sitzfläche eine Schondecke, die die Löcher nur notdürftig bedeckt. In der Ecke der Fernseher auf einem Tischchen. Eine Dartscheibe ist von der Wand gefallen und unter den Tisch gerutscht. Auf der Kante eines niedrigen Sessels ein Junge von etwa acht Jahren, in Schulkleidung. Erschrocken schaut er in die Kamera. Schwarze, aufgerissene Augen im Blitzlicht. Die Shorts zu weit, der Pullover zu eng, die Ärmel zu kurz. Ein Hemd mit verrutschtem Kragen. Mit zusammengepressten Knien sitzt er auf der Sesselkante. Er weiß nicht, was er mit den Händen machen soll. Die Finger ineinander verschränkt, knispelt er an den Nägeln. Ein kleines schwarz-weißes Foto, das zeigt, woher er kommt – angefüllt mit kindlichem Unglück und Einsamkeit.

Auf einem zweiten Foto könnte er zehn sein. Er sitzt auf demselben Sessel, aber alles ist anders, die Armut weggeräumt, der Hintergrund für das Bild arrangiert. Eine Lampe, eine Uhr auf einem Sideboard mit abgerundeten Ecken aus dunklem Holz, ein Buffetschrank. Jetzt hockt er nicht mehr verschüchtert auf der Kante. Auf diesem Foto lehnt er aufrecht im Sessel, wieder in Schuluniform, gutsitzende Shorts, Kniestrümpfe mit dunklem Rand. Haare gescheitelt, Blick geradeaus. Er schaut nicht in die Kamera. Er schaut daran vorbei in die Zukunft. Gerade hat man ihn in Haberdashers' Aske's Boys' School aufgenommen. Er ist ein Ausnahmeschüler, einer, der von ganz unten kommt. Sein Vater ist kein Emporkömmling wie der Fußballer David Beckham, der seine Kinder später auf die gleiche Schule schicken will und als zu modisch eingestuft wird, zu »posh«. Man spürt, der Junge auf dem Foto hat sich entschieden. Er weiß, wo er hinwill. »There is no such word as can't«, hatte ihm seine Mutter abverlangt. In der Schule wird er Wort halten. Ein Sieger. Einer mit Zukunft.

3

Die Vorfahren seiner Mutter, sagt der Engländer, seien in der zweiten Hälfte des neunzehnten Jahrhunderts von Polen nach Odessa gewandert. Odessa aber habe ihr Vater, Lewis Granovsky, während der Zeit der großen Pogrome verlassen. Es könnte um 1894 gewesen sein. Granovsky sei kein jüdischer Name, sondern polnischer Adel, vermutlich ein Gutsbesitzer, der seinen Namen an die meist jüdischen Verwalter weitergegeben habe. Als Jugendlicher macht er sich zu Fuß auf nach Paris. Als er ankommt, ist er sechzehn und lernt das Handwerk des »French polishers«, die Fertigkeit, mit einer Politur aus Schellack und Alkohol einen besonders seidigen Glanz auf Möbel und Musikinstrumente aufzutragen.

Der aufflammende französische Antisemitismus während der Dreyfus-Affäre treibt ihn nach London. Um die Jahrhundertwende soll er im East End gelandet sein, wie fünfhunderttausend andere Juden, die nach Bethnal Green oder Hackney strömen. Er streicht die letzten beiden Silben seines Nachnamens, hängt ein »n« dran und heiratet als Lewis Grann das Mädchen Bella aus Kiew. Zehn Kinder. Norah, die Mutter des Engländers, wird 1910 geboren. Ein Mädchen stirbt im ersten Lebensjahr. Eine andere Tochter, Hetty, kommt mit offenem Rücken zur Welt. Der Engländer erinnert sich an Krankenhausbesuche, an meterlange Verbände unter weitgeschnittenen Kleidern und an eine kleine Frau, im Haar weiße Blüten, geschmückt wie für einen Bräutigam, den es in ihrem Leben nie geben wird. Von einem der sechs Söhne ist bis heute die Rede. Um diesen Bruder ranken sich die Erinnerungen und unerfüllten Hoffnungen der Norah Grann. Am dritten September 1939, als England in den Krieg gegen Deutschland eintritt, hatte er eigentlich die Debatte im Parlament verfolgen wollen. Aber weil es ein heißer Tag ist, springt er in die Themse, um sich abzukühlen, und ertrinkt, zwanzig Jahre alt. Auf dem einzigen Bild, sagt der Engländer, auf dem seine Mutter glücklich aussieht, legt sie den Arm um einen jungen Mann in heller Sportkleidung. Eine zusammengefaltete Zeitung in der Hand, lehnt er sich an sie, aufgenommen kurz vor seinem Tod an einem mit Kies bedeckten Uferstreifen.

Ob Lewis Grann die große Familie als »French polisher« ernähren konnte, ist ungewiss. Er stirbt 1930. Für zehn Pfund und sieben Schilling wird er auf dem jüdischen Friedhof Oldfield Road, Ecke Hornsey Lane, beerdigt, nicht weit entfernt von Holloway Road, wo wir in den ersten Bus gestiegen sind. Es ist eine Summe, die die Familie kaum aufbringen kann. Was immer bleibt, sagt der Engländer, ist die Klage seiner Mutter Norah um ihre verlorene Jugend. Weil Bella, seine Großmutter, die Welt nicht versteht, nicht lesen und nicht schreiben kann, kein Englisch spricht, nur Jiddisch, muss Norah als älteste Tochter für die Geschwister sorgen. Sie ist siebenundzwanzig, als sie heiratet.

Als Bella ihre Wohnung nicht mehr bezahlen kann, zieht sie durch die Wohnungen ihrer vielen Kinder. Einige haben es durch Glücksspiel zu etwas gebracht, andere bleiben auf der Strecke, wie die Mutter des Engländers. Wenn die alte Frau für ein paar Wochen über dem Bata-Laden Station macht, schläft sie in der Küche auf einem Sessel mit Fußteil.

Manchmal überlässt der Enkel seiner Großmutter, deren Sprache er nicht versteht, sein Bett in der Kammer.

Joseph, der Vater des Engländers, genannt Ginger Joe wegen der roten Haare, handelt mit billigen, en gros eingekauften Kleidern, die er aus seinem alten, dunkelblauen Austin-Lieferwagen heraus verkauft. Seit er sich erinnern kann, nimmt ihn der Vater mit zu den Spielen seines Fußballvereins. Er sitzt im Lieferwagen vorne neben ihm. In den Kurven rutschen die Kleiderbügel auf den Stangen hin und her, wenn sie quer durch die Stadt ins Stadion von Tottenham Hotspur fahren. Mit einem Kompagnon macht der Vater einen eigenen Laden auf. Aber das Unternehmen misslingt. Die nächsten Jahre steht er nachts über einen Tisch gebeugt und sortiert Briefe. Als er sich kaum noch aufrichten kann und die Schmerzen im Rücken unerträglich werden, hört er bei der Post auf. Jetzt fährt er Taxi. Immer noch setzt er, sobald er nach Hause kommt, als Erstes den Wasserkessel auf und bringt seiner Frau Tee ans Bett, wenn ihr das Herz die Luft abschnürt. Sein liebster Fahrgast ist Graham Chapman von den Monty Python, der sich von ihm in die Studios fahren lässt und später die Hauptrolle spielen wird in »Life of Brian«.

Auch die väterliche Familie, sagt der Engländer, ist Ende des neunzehnten Jahrhunderts aus dem Osten eingewandert. Aber er weiß nicht, mit welchen Namen sie aus Polen gekommen sind. Sie sollen Schneider gewesen sein. An manchen Feiertagen erscheint Leah, die Mutter des Vaters, eine bittere alte Frau. Der Engländer wächst auf mit dem Gefühl, dass etwas nicht stimmt, dass etwas nicht ausgesprochen, sondern verheimlicht wird. »They did not look after me«

bleibt das Einzige, was sein Vater jemals über seine Familie gesagt hat, dieser schwerfällige Mann, den er liebt.

Über die Vauxhall Bridge erreichen wir das andere Themseufer, steigen um, fahren eine lange Strecke südwärts die Brixton Road entlang bis Brixton Hill. Als wir an der Jebb Avenue aussteigen, hat er alles über seine Familie erzählt. Mehr weiß er nicht. Und es wird nicht mehr hinzukommen – bis zu dem Tag, an dem er einen Anruf erhält, vierzig Jahre später.

4

Die Gefangenen von Brixton fühlen sich wie zusammengepferchtes Vieh, heißt es auf einem Flugblatt, die Ernährung sei Pigfood und die Behandlung so unmenschlich, dass verzweifelt-zynische Anleitungen kursieren, wie man sich, von den Wärtern unbemerkt, lautlos, ohne Verstoß gegen die Anstaltsordnung in den Zellen erhängen kann. Der Menschenrechtler Roger Casement saß 1916, angeklagt wegen Hochverrats in Brixton, Bertrand Russel 1961, weil er für atomare Abrüstung demonstriert hatte, 1967 Mick Jagger wegen Drogen, 1968 die berüchtigten Kray-Zwillinge. Jetzt, im Februar 1972, sitzt ein Freund des Engländers aus Haberdashers' Aske's Boys' School im Hochsicherheitstrakt, ein Staatsfeind. Er wird der Angry Brigade zugerechnet.

Auf Plakaten hat John Barker, der Gefangene, eine Zigarette zwischen den Lippen und eine Fahnenstange in den Händen. Auf einem Foto von der Rugby-Mannschaft der Schule ist er der Einzige, der lächelt, in einer Reihe von grinsenden Jungen mit verschränkten Armen. Der Engländer als Mannschaftskapitän sitzt im schwarzen Blazer in der Mitte. Seine Hände liegen auf den Knien. Die Augenbrauen hochgezogen. Keiner der Jungen schaut so entschlossen wie er.

Für den Engländer ist es ernst. Er sitzt kerzengerade. Die anderen hängen locker in den Stühlen. Er ist anders, sieht anders aus, fremdländisch. Er könnte einer aus den Kolonien sein. Dass er auf diese Schule geht, hat er seinen Leistungen zu verdanken, nicht seiner Herkunft. »Du wirst nie dazugehören«, hatte ihm seine Mutter mit auf den Weg gegeben, »du bist Jude und wirst es immer bleiben.« Um in der Schule mithalten zu können, muss er gewinnen. Im Sport und auch sonst. Alles hängt davon ab. Keinen der Jungen, die in Altherrenpose vor dem Schulhaus zu sehen sind, hat der Engländer je zu sich nach Hause eingeladen, nach Kingsbury in das Wohnzimmer mit dem zerlöcherten Ausziehsofa. Auch nicht den Freund, der sich jetzt in der Besucherzelle in Brixton über den Tisch beugt. Er hat sich geschämt, für die Armut seiner Eltern, für seine Mutter im Schuhgeschäft und für seinen Vater, der es zu nichts gebracht hat, was in dieser Schule von Wert gewesen wäre.

John Barker und er entscheiden sich für die Leistungskurse in englischer Literatur. Ihr Lehrer, ein Nachfahre von Maria Stuart, kommt in den Raum, setzt sich hin und schweigt, bis die Klasse still wird und begreift: Jeder muss selbst entscheiden, ob er etwas lernen will oder nicht. Der Engländer hat sich längst entschieden. Er will lernen, wissen, verstehen, gewinnen. Der Freund und er machen im gleichen Jahr ihren Abschluss. Sie sind siebzehn. Der eine geht zum Literaturstudium nach Cambridge, der andere, der Engländer, schreibt sich in der neugegründeten Universität von Sussex für Philosophie ein. Sein Schwerpunkt liegt bei den deutschen Philosophen. Er hofft, dort Antworten zu finden. Was sind das für Menschen, die Millionen Juden umgebracht haben? Er sucht nach einer Erklärung jenseits von psychologischen und historischen Einschätzungen, nach einem Zugang zu den Sachverhalten, nach einer wissenschaftlichen Betrachtungsweise des deutschen Wesens. Er beschäftigt sich mit der Phänomenologie und den logischen

Untersuchungen von Edmund Husserl. Als er das erste Mal nach Deutschland kommt, hat er Angst, dass vielleicht noch immer Parolen an Schaufenstern zu lesen sind, mit breitem Pinselstrich an die Scheiben geworfen, weiße Buchstaben mit Ausrufezeichen: »Kauft nicht bei Juden!«

Bevor er die Universität verlässt, schreibt er noch einen Essay über Vergils »Aeneis«. Nicht die Abenteuer des Aeneas auf der Flucht aus dem brennenden Troja sind sein Thema, auch nicht die Liebesgeschichte mit Dido, der Königin von Karthago. Er geht vom Ende der Flucht aus, von der Ankunft des Aeneas in Latium, und deutet das Epos als Auftragswerk des Kaisers Augustus, eine Dichtung, die einzig dem Gründungsmythos von Rom verpflichtet ist. Sein Professor ist davon so beeindruckt, dass er ihm das Gefühl vermittelt, etwas Außergewöhnliches geschrieben zu haben. Mit dieser Einschätzung verschwindet er aus der akademischen Welt.

Sie hatten sich aus den Augen verloren, der Engländer und John Barker, der Gefangene. An den Leitgedanken ihrer Schule, »Serve and Obey«, haben sich beide nicht gehalten. Die soziale und politische Situation im Vereinigten Königreich um 1970 treibt sie auf die Straße. Der Engländer schämt sich nicht mehr für die Armut seiner Eltern und bringt seine Herkunft auf den Begriff: working class. Als Sozialarbeiter geht er nach Wolverhampton und freundet sich mit einem Postboten an, der mit Beckett und Robbe-Grillet korrespondiert und ihm beibringt, was Anarchismus heißt.

Am Tisch in der Besucherzelle des Hochsicherheitstrakts von Brixton sehen sie sich nach Jahren wieder. Überdauert hat die Liebe zum Fußball. Der Gefangene jedoch ist Fan von Arsenal, der Mannschaft aus Holloway. Der andere wird sein Leben lang zu den Spurs halten, der Mannschaft aus der White Hart Lane. Eigentlich reden Arsenal-Fans nicht mit den Fans von Tottenham. Seit dem ersten Spiel vor fast hundert Jahren, das 2:1 für die Spurs endet, sind sie Rivalen, wenn nicht Feinde. Aber hier, im Gefängnis, ist es das Einzige, worüber die beiden Freunde sprechen können. Vergeblich versuche ich, ihren Worten zu folgen. Was sie sagen, hört sich an wie ein geheimer Code, mit dem nur sie beide etwas anfangen können und außer ihnen möglicherweise noch der müde, auf seinem Stuhl in der Ecke zusammengesunkene Wärter.

5

Als ich mich beim Schritt durch die Passkontrolle in Heathrow ein letztes Mal umdrehe, sehe ich ihn als Einzigen noch hinter der Absperrung stehen. Eine Verlorenheit hat ihn erfasst, die ich bis dahin nicht an ihm bemerkt hatte. Mein überwachtes Leben in Berlin ist ihm unheimlich, eine Gratwanderung, die er nicht einschätzen kann. Er will mich vor diesem Land beschützen und hat doch nichts, was er aufbieten könnte, als einen Heiratsantrag, den er mir nachruft, während ich jenseits der Barriere schon unerreichbar bin.

In Berlin stelle ich das Telefon neben mein Bett. Wenn es nach Mitternacht still wird in der Fabriketage und alle schlafen, ruft er an. Wir reden lange miteinander. Der englische Geheimdienst hört mit. Der Engländer ist schon seit langem im Visier der Special Branch. Die Telefonrechnung im Haus in Holloway bleibt niedrig, damit wir nicht aufhören zu reden. Für den Geheimdienst hat alles, was wir uns in den Nächten sagen, eine andere Bedeutung. Sie glauben, eine neue Spur aufgetan zu haben, eine kriminelle Vereinigung zwischen London und Berlin, doch was sie hören, sind nur Worte von Sehnsucht und Verlangen.

Ein Jahr lang fahre ich zwischen Berlin und London hin und her. Nach vier oder fünf Tagen kehre ich nach Hause zurück. Ich kann nicht bei ihm bleiben. Aber ich bin glücklich, wenn ich ihn warten sehe, hinter der Passkontrolle am Flughafen, am Quai in Dover oder Ramsgate. Am liebsten nehme ich am Bahnhof Zoo den Nachtzug und wache morgens an der belgischen Küste auf. Einmal schlafe ich so tief, dass die Waggons in Ostende schon abgekoppelt sind und ich mit meiner Reisetasche quer über die Gleise zur Fähre laufe. Er wartet auf der anderen Seite, ängstlich, voller Befürchtungen, man könnte mich an der Grenze festgehalten haben. Wenn ich ihn nicht von weitem sehe, werde ich unruhig und denke an die Anschläge der IRA.

Als sich die Heizung im Haus in Holloway auch nicht mehr mit Kleingeld in Gang setzen lässt, verbringen wir die Nächte in anderen Wohnungen. Eine Schriftstellerin übernachtet bei ihrem Freund und lädt uns ein, in Finsbury Park in ihrem Bett zu schlafen. Irgendjemand ist fürs Wochenende aufs Land in ein Cottage gefahren und überlässt uns sein Zimmer in Hackney. Und schließlich die Wohnung in der Grosvenor Avenue. Vor etwa einem halben Jahr war hier eine ehemalige Kunststudentin verhaftet worden, eine der Stoke Newington Eight. Die Wohnung liegt im Basement, im Souterrain. Als man sie abholte, so stelle ich mir vor, muss sie durch die Fenster auf Straßenhöhe als Erstes die Stiefel der Polizisten gesehen haben, die das Haus umstellten. Ich weiß nicht, ob jetzt jemand anders hier wohnt. Aber noch immer ist in den Zimmern ein Lebensgefühl gegenwärtig, das die Polizei nicht ausräumen konnte. Geheime Zusammenkünfte, verschlüsselte Gespräche, aber auch Aufbruch zu neuen Welten und Sehnsucht nach einem anderen Leben. In den Regalen Bücher, die nicht als Beweismittel taugten, uns aber einmal den Weg gewiesen haben, Frantz Fanon, »Die Verdammten dieser Erde«, Bücher von Laing und Cooper, Schriften von Wilhelm Reich, Salingers »Fänger im Roggen« und die nie beantwortete Frage des Holden Caulfield, wo die Enten aus dem Teich des Central Park im Winter hinkommen. Matratzen auf dem Boden, Platten liegen herum, als ob sie gerade jemand vom Plattenteller genommen hätte. Wir legen Bob Marley, Jimi Hendrix, Janis Joplin, Jim Morrison auf, ohne die wir uns das Leben nicht mehr vorstellen wollen. Und immer wieder Bob Dylan. Ein einziges Lied. »Just Like a Woman«.

6

Die Nächte in Grosvenor Avenue. Die Tage im Old Bailey. Abends Plakate, Demonstrationen und Artikel für das Magazin »Time Out«, das als einzige Zeitung regelmäßig über den Prozess berichtet. Manchmal ein Spaziergang durch Hampstead Heath, im feuchten Gras, über die Hügel. Einmal ein Wochenende in Brighton in einem kleinen Steinhaus am Meer. Er im geliehenen Auto ohne Führerschein. Am Morgen danach wieder der Bus, Farringdon Street, aussteigen Ludgate Circus, ein Stück am Gerichtsgebäude entlang zum Eingang, die Treppen hinauf bis unters Dach, zur Zuschauertribüne.

Im Gerichtssaal Nr. 1 werden die schwersten Kriminalfälle Londons verhandelt. Darunter, im Keller, sagt der Engländer, Dead Mans Walk, der Gang, durch den zum Tode Verurteilte zur Hinrichtung gebracht wurden. Rechts vom erhöhten Platz des Richters drei Reihen Bänke für die Jury, die über schuldig oder nicht schuldig entscheidet. Es muss kurz vor meinem fünfzehnten Geburtstag gewesen sein, als im Sommer 1955 das Urteil »Tod durch den Strang« gegen eine junge Frau mit dem Namen Ruth Ellis aus dem Gerichtssaal des Old Bailey bis in einen einsamen Landstrich der hessischen Rhön vordrang, wo meine Mutter, mein Bruder und ich am Radio saßen. Die Geschworenen hatten nur zwanzig Minuten für ihren Schuldspruch gebraucht. Dann habe der Richter die für Todesurteile vorgeschriebene schwarze Kappe aufgesetzt und seine Urteilsbegründung mit den immer gleichen Worten beendet: »… you will be taken to the place of execution and there be hanged by the neck until you be dead.« In einer Illustrierten sah ich Bilder von einer stark geschminkten, blonden Schönheit, an einen Sportwagen gelehnt, die ihren gewalttätigen Liebhaber, einen Rennfahrer, erschossen hatte. Sie war die letzte Frau, die in England zum Tode verurteilt wurde. Ohne um Gnade zu bitten, hieß es, sei sie erhobenen Hauptes aus dem Leben gegangen.

Wie ein Balkon hängt die Zuschauertribüne über dem Saal. Tief unten John Barker, der Gefangene aus Brixton und Schulfreund des Engländers, neben seiner zarten blonden Gefährtin Hilary Creek. Anna Mendelson mit mächtigen schwarzen Locken neben ihrem Freund, dem ernsten, schmalen Jim Greenfield im Tweed-Jackett. Vier Studienabbrecher der alten Universitäten Englands, die in einer Wohnung in der Amhurst Road verhaftet wurden. In der Reihe dahinter die Kunststudentin Kate Maclean aus der Grosvenor Avenue, in deren Bett wir schlafen, deren Platten wir auflegen und in deren Büchern wir uns wiederfinden. Neben ihr Angela Weir, Telefonistin und Studentin an der London School of Economics, Chris Bott, den der Mai 68 in Paris auf die Straße gebracht hatte, und Stuart Christie, ein schottischer Anarchist, der aussieht wie Frank Zappa. Als Achtzehnjähriger war er an der spanischen Grenze verhaftet worden, im Rucksack Sprengstoff, mit dem der Diktator Franco getötet werden sollte. Man hatte ihn zu zwanzig Jahren Gefängnis verurteilt. Auf internationalen Druck wurde er nach drei Jahren freigelassen. Wie alle anderen fällt er unter das Conspiracy Law: Verschwörung mit dem Ziel, eine Straftat zu begehen.

Es sind die Bomben der Angry Brigade, die ihnen, die dort unten sitzen, angelastet werden. Die Stoke Newington Eight passen in das Bild, das sich die Polizei von den Tätern macht. Intelligent, gebildet, politisch-sozial engagiert, abgestoßen von der Warenwelt und der Macht des Geldes. Während der Engländer mich im Arm hält, flüstert er mir ins Ohr, dass Straftaten gegen Besitz im englischen Recht härter bestraft werden als solche, bei denen Menschenleben auf dem Spiel stehen. Die Vorwürfe, die hier verhandelt werden, betreffen ausschließlich Anschläge auf Eigentum.

7

Der längste Jury-Prozess, der jemals im Old Bailey stattfand, wird uns nahezu ein Jahr begleiten und mit ihm eine Grundstimmung aus Trauer, Ohnmacht und Protest. Was die Menschen tief unter uns auf der Anklagebank sagen, würden auch wir sagen. Was sie denken, denken auch wir. Was uns von ihnen trennt, ist nur ein kleiner, einmal getaner Schritt auf die andere Seite. Ein Schritt, der eine Trennungslinie schafft. Wenn wir aneinandergeschmiegt aus dem Gerichtsgebäude zurück nach Holloway oder zur Grosvenor Avenue gehen, erfahren wir unsere Freiheit jedes Mal als schmerzliches Glück, das am seidenen Faden hängt.

Am nächsten Tag steigen wir wieder die Treppen hoch bis unters Dach, sehen die Angeklagten unter uns sitzen und sich an ihren Gedanken über Herrschaft, Macht, Unterdrückung und ihren Visionen von einer gerechteren Welt aufrichten. Dennoch benutzen sie diese Begriffe nicht, wenn sie darüber reden. Ihre Sprache ist schön und einfach, ohne Pathos, ohne Phrasen. Selbst wenn einmal das Wort Revolution vorkommt, tut sich dahinter kein heroisch-fernes Ziel auf, sondern etwas Machbares, Erreichbares, eine Haltung, etwas, was sie durch ihren Alltag geleitet hat.

Drei der Angeklagten verteidigen sich selbst, John Barker, der Schulfreund des Engländers, seine Gefährtin Hilary Creek und Anna Mendelson. Zur Seite steht ihnen ein junger Solicitor, der sie berät. Vor Gericht aber erscheinen sie in eigener Sache. Präzise enthüllen sie die Schwächen der Ermittlungen und decken falsche Aussagen der Polizisten auf. Sie weisen nach, dass eine Hose, in der angeblich ein belastender Gegenstand gefunden wurde, gar keine Taschen hat. Sie zeigen zeitliche Lücken bei der Durchsuchung ihrer Wohnung in der Amhurst Road auf, Lücken, in denen es für die Polizei ein Leichtes war, ungesehen Sprengstoff und Waffen einzuschleusen, die jetzt als Belastungsmaterial dienen. Sie nehmen die Zeugen von der Polizei ins Kreuzverhör, treiben sie mit Fragen in die Enge, bis sich deren Aussagen in Widersprüche verwickeln. Sie wenden sich persönlich an die Jury, sprechen die Geschworenen an, zwölf Menschen, in deren Händen Freiheit oder Jahre der Gefangenschaft liegen.

Keiner der Angeklagten distanziert sich vor Gericht von den Anschlägen. Aber sie sagen, dass die Zerstörung von Ministerküchen nicht die Welt verändern werde, die Gefühle jedoch könnten sie verstehen, die dazu geführt hätten. Sie legen der Jury dar, wer sie sind, was sie wollen und woher sie kommen. Sie sprechen vom Alltag, von dem, was sie getan haben, bevor sie hier »in the dock« landeten, auf der Anklagebank. Ihre Vorstellungen von einer anderen Gesellschaft leiten sie nicht aus Ideologien ab, sondern aus dem, was sie getan und was sie erlebt haben. Sie gehörten zur Frauenbewegung und zu den Besetzern von Abrisshäusern. Sie haben die Methoden Londoner Immobilienspekulanten aufgedeckt und Sozialhilfeempfängern zu ihren Rechten verholfen. Davon sprechen sie mit der Jury. Sie müssen die Geschworenen durch ihr bisheriges Leben überzeugen, dass nicht sie die Bombenleger sind. Es bleibt ihre einzige Chance. Dann setzt der Richter eine Sommerpause an.

8

Ich hatte nicht vor, noch einmal nach Jugoslawien zu fahren. Vor sechs Jahren, auf dem Weg nach Kreta, waren dem Mann, den ich kurz zuvor geheiratet hatte, auf der Höhe von Ljubljana die Grottenolme in den Sinn gekommen. Kleine, durchsichtige, lurchartige Wesen, die in der Höhle von Postojna in ewiger Dunkelheit leben. Zu den Grottenolmen führt ein Hohlweg, als Einbahnstraße gekennzeichnet. Der Militärlaster, der von der falschen Seite hinter einer Kurve auftaucht, nimmt die gesamte Straßenbreite ein. Für Bruchteile von Sekunden denke ich, der kleine Citroën werde abheben, über den Lastwagen hinweg. Dann aber schiebt sich ein riesiger Abschlepphaken in Zeitlupe in den Motor unseres Autos und kommt kurz vor den Sitzen zum Halt. Die Karosserie war wie eine Tüte zusammengefaltet. Die Klage gegen den jugoslawischen Staat dauerte länger als meine Ehe. Jetzt waren mir eintausendachthundert Deutsche Mark Schmerzensgeld für einen gebrochenen Ellenbogen zugesprochen worden, abzuholen bei einem Anwalt in Zagreb.

Es ist der 14. August 1972. An diesem Nachmittag hebt eine Maschine von Interflug auf dem Flughafen Schönefeld ab Richtung Bulgarien. Kurz nach dem Start verliert sie an Höhe, kommt noch bis Königs Wusterhausen und stürzt mit einhundertsechsundfünfzig Menschen in ein Feld. Die Nachricht wird im Westfernsehen gemeldet, im Ostfernsehen unterschlagen. Gelähmt von Angst steige ich am nächsten Morgen in eine Iljuschin des gleichen Typs, die von Schönefeld Richtung Jugoslawien startet. Die Maschine fliegt erst in die falsche Richtung nach Westen in einem weiten Bogen um die Unglücksstelle herum, damit wir nicht die auf dem Feld verstreuten Koffer und das zerborstene Wrack unter uns zu sehen bekommen, in dem niemand überlebt hat.

Als ich in Zagreb ankomme, steht er am Flugsteig und sucht mich mit den Augen. Im Taxi fahren wir zum Anwalt und holen das Geld. Ein dickes Paket Dinare. In der Maschine nach Dubrovnik hält er meine Hand. Split taucht aus der Dunkelheit auf. Die Passagiere stürzen von der linken auf die rechte Seite, um unten die beleuchtete Küste zu sehen. Nur wir bleiben auf unseren Sitzen. Das kleine Flugzeug schlingert, und der Pilot befiehlt die Passagiere auf ihre Plätze zurück. Von Dubrovnik weiter mit dem Bus. An der Endstation Frauen, die Zimmer vermieten.

Wir landen in einem Neubau am Strand. Nackte Mütter wühlen sich in den Heilschlamm. Kinder bauen Burgen um sie herum. Eine Schlange schiebt sich langsam wie ein Tau aus einem Gebüsch über den Sand. Ein Mann schlägt mit dem Stock auf sie ein. Im Todeskampf, schwarz gegen den Himmel, kämpft sie, bis sie sich nicht mehr aufrichten kann. Da nimmt der Mann den Kadaver und wirft ihn ins Meer.

In einer überdachten Halle lege ich mich auf ein rohgezimmertes Holzbett unter ein Stück Sackleinen. Ein alter Mann packt schwere, erdige Fladen auf mich. Die Sonne fällt in Streifen durch Ritzen im Dach, und ich schlafe ein, während der Engländer im dunklen Hinterzimmer eines Cafés die Spiele des FC Roter Stern Belgrad vor einem Fernseher verfolgt.

Ich weiß nicht mehr, wie wir die Tage verbracht haben.

In meiner Erinnerung lieben wir uns oder wir gehen endlose Wege am Fuß des Orjen-Gebirges entlang. Manchmal singen wir. Er kennt alle Texte der Stones auswendig. Wir singen »Angie« und »Street Fighting Man« in voller Lautstärke in die Schluchten hinein oder übers Meer hinaus. Irgendwann fängt es an zu regnen. Es schüttet. Bäche stürzen von den Felsen herab. Alles wird grau. Das Meer, der Strand, eingehüllt von nassem Nebel. Geröll schiebt sich vom Gebirge herab und füllt ein nahes Flussbett. Wir lassen die Zeit vergehen und wollen nirgendwohin. Wenn es durch die Zimmerdecke tropft, rücken wir das Bett an trockene Stellen. Reißt der Himmel kurz auf, holen wir uns etwas zu essen, zu trinken. Dann wieder das Rauschen des Regens. Als das Geld verbraucht ist, packen wir stumm unsere Sachen. Ein Stück des Wegs fliegen wir noch nebeneinander, meine linke Hand in seiner rechten. Bei der Zwischenlandung löst sich die Hand und der Platz neben mir ist leer. Er steigt in eine Maschine nach London. Ich fliege weiter Richtung Berlin.

9

Im November hatte der Richter damit begonnen, den Fall der Stoke Newington Eight für die Jury zusammenzufassen. Das Zentrum der Anklage, führt er aus, sei die Verschwörung. Die Straftat liege in der Zustimmung. Sie bleibe auch dann noch eine Straftat, wenn das Vorhaben nicht in die Wirklichkeit umgesetzt worden sei. Es sei nicht Sache des Gerichts zu beweisen, dass die acht Angeklagten wirklich die Anschläge ausgeführt hätten. Für einen Schuldspruch genüge es, wenn sie damit einverstanden gewesen seien. Die Zustimmung brauche keine Worte. Bereits ein Nicken reiche aus, sagt der Richter, oder auch ein Zwinkern. Wer auch immer den Plan für eine Straftat kenne, beteilige sich an einer Verschwörung und verstoße gegen das Conspiracy Law. »Whose Conspiracy?« – »Wessen Verschwörung?« – hat jemand mit weißen Lettern an die Mauer vom Old Bailey geschrieben. Wenn man die Unterbrechungen an den Wochenenden abzieht, wird der Richter für seine Ausführungen acht Tage und etwa eine Viertelmillion Wörter beanspruchen. Gegen Mittag des 4. Dezember ist er fertig, und die Geschworenen ziehen sich zurück, um nach einhundertneun Verhandlungstagen ein Urteil über das Schicksal der acht jungen Menschen zu fällen.

Als ich die Fähre in Dover verlasse, sehe ich ihn nicht am Quai stehen. Er wartet, wie alle anderen, im Gerichtssaal des Old Bailey auf die Rückkehr der Jury. Aber sie kommt nicht. Auch am nächsten Tag kommt sie nicht. Als sie schließlich erscheint, hat der Jurysprecher eine Frage an den Richter. Hätte das Haus in der Amhurst Road und die Häuser der Umgebung nicht geräumt werden müssen, möchte er wissen, wenn solche Mengen von Dynamit und Zünder in der Wohnung gefunden worden seien, wie behauptet wird? Plötzlich steht wieder der Verdacht im Raum, dass die Polizei das Dynamit selbst in die Wohnung gebracht hat. Alle auf der Tribüne halten den Atem an. Aber der Richter wischt die Frage vom Tisch. Er will nicht noch einmal Polizisten in den Zeugenstand rufen, die an der Durchsuchung beteiligt waren.

Als die Jury zum zweiten Mal zurückkehrt, ist ihr Urteil nicht einstimmig, wie es verlangt wird. Am Tag zuvor war im Fernsehen der Film »Die zwölf Geschworenen« gezeigt worden. Es heißt, Sympathisanten der Angeklagten bei der BBC hätten den Film zu diesem Zeitpunkt ins Programm geschleust. Vielleicht stand dem Richter Henry Fonda vor Augen, der mit letzter Überzeugungskraft ein Jurymitglied nach dem anderen von einem Schuldspruch abbringt. Jetzt will der Richter den Prozess nur noch beenden und nutzt alle rechtlichen Möglichkeiten, die ihm zur Verfügung stehen. Am nächsten Tag hebt er die Forderung nach Einstimmigkeit auf und verlangt nur noch, dass zehn der zwölf Geschworenen sich einig sind. Wieder warten alle. Nach insgesamt zweiundfünfzig Stunden sind die geforderten zehn der zwölf Geschworenen zu einem einstimmigen Urteil über die acht Angeklagten gelangt.

Vier der Stoke Newington Eight werden für nicht schuldig erklärt, Kate Maclean, die Künstlerin aus der Amhurst Road, Angela Weir, die Telefonistin, Chris Bott und Stuart

Christie, der schottische Anarchist. Ihm war es gelungen, die Jury zu überzeugen, dass die beiden Zünder in seinem Auto von der Polizei hineingelegt worden waren. John Barker, Hilary Creek, Anna Mendelson und Jim Greenfield aber werden von zehn der Geschworenen für schuldig befunden. Der Sprecher der Jury bittet um Milde für die vier jungen Menschen, und der Richter verurteilt sie zu je zehn Jahren Gefängnis. Er hatte eigentlich fünfzehn Jahre im Sinn gehabt. Auf der Zuschauertribüne ist es beklemmend still. Kein Zorn stürzt von oben auf das Gericht herab, kein Wutausbruch, kein Wort. Das Urteil verschlägt uns die Sprache. Es überschreitet alles, was wir uns hatten vorstellen können.

Die vier Freigesprochenen umarmen die Schuldiggesprochenen und verlassen den Gerichtssaal durch eine Seitentür. Die Zurückbleibenden bedanken sich bei den beiden Jurymitgliedern, die für ihre Unschuld gestimmt haben. Sie winken ein letztes Mal zu uns herauf und steigen dann einzeln die schmale, steile Treppe zu den Zellen im Keller hinab. Die beiden Männer werden in Haftanstalten außerhalb Londons gebracht. Die beiden Frauen ins Holloway-Gefängnis. »Sisters we are with you«, rufen wir in der Dunkelheit über die hohe Mauer in der Parkhurst Road und fühlen uns, als seien wir gerade noch einmal davongekommen.

Jemand hat uns seine Wohnung in der Upper Clapton Road überlassen. Auf dem Weg dorthin kommen wir, neben den üblichen viktorianischen Reihenhäusern, an einer riesigen U-förmigen Wohnanlage vorbei. Angezogen von der klaren, kargen Architektur der Moderne, den rot gestrichenen Einfassungen der Haustüren und dem warmen Licht in den langen Fensterfronten, sind wir eine Weile stehen geblieben. Ich weiß nicht mehr, was wir gesprochen haben. In der Nacht aber, als wir schlaflos beieinanderliegen, beschließt der Engländer, London zu verlassen und zu mir nach Berlin zu kommen.

10

Norah, die Mutter des Engländers, verkauft keine Schuhe mehr. Die Eltern sind umgezogen. Zwei Zimmer im Parterre von Boyle House, Chalkhill Road, im Stadtteil Wembley. Es gibt Tage, an denen ihr schwaches Herz sie zwingt, im Bett zu bleiben. Jetzt jedoch ist sie aufgestanden und hat für den nächsten Tag ein Huhn gekauft. Die Preise bei Safeway, sagt sie, seien gestiegen, noch während sie durch den Laden ging. Die Züge der Mutter sind scharf unter der schwarzen Dauerwelle, in der kein Haar grau geworden ist. Joe, der Vater, macht Tee. Er lächelt, als bitte er um Verzeihung, wenn er sich schwerfällig aus dem Sessel erhebt. Das Lächeln bleibt immer auf dem feinen Gesicht, es ist nicht gedacht, zu gefallen, man kann es nicht aufsetzen. Es ist ein Lächeln, das sich zurücknimmt, freiwillig Platz macht für andere.

Sie reden über Fußball, Vater und Sohn. Immer noch teilen sie die Treue zu Tottenham. Sonst gibt es nichts, was sie verbindet. Keine Ähnlichkeit, kein Erkennen, nicht eine Spur im Gesicht des Vaters, die sich beim Sohn wiederfinden ließe, nur diese Liebe, die sich auf nichts Sichtbares gründet, ein Gefühl ohne Bedingung, ohne Gegenleistung. Wenn der Engländer seine Eltern besucht, kommt er nicht nach Hause. Er kennt sich nicht aus in der Wohnung, bewegt sich wie ein Fremder zwischen den Möbeln, einer, der hin und wieder auftaucht, weil er sich sorgt, und dann wieder geht, verabschiedet mit einer Klage von der Mutter und mit dem Lächeln des Vaters.

Die Heizung in der Sozialbauwohnung wird am Nachmittag abgestellt. Erst am Abend springt sie wieder an. Ich friere, während die Mutter am Tisch eine Kiste mit Fotos öffnet. Es sind nicht einfach Fotos, wie sie in meiner Familie in irgendwelchen Schubladen oder Kisten liegen, vorteilhaft oder unvorteilhaft, aber stets dem Augenblick abgerungen. Diese Bilder sind eine Beschwörung. Als die Schwester des Engländers einen Mann aus der jüdischen Gemeinde heiratet, trägt der Bräutigam das Versprechen des gesellschaftlichen Aufstiegs in sich. Das Paar ist im Fond einer Limousine zu sehen. Glitzernde Chromleisten, ausladende lederne Rückbank. Die Braut hat den Schleier zurückgeworfen. In ihren müden Augen Vergeblichkeit. Die Schwester ist eine weiche Schönheit mit leicht geöffneten Lippen, blendend weißen Zähnen, makellos. Der Bräutigam im Cut, graue Weste, Nelke im Knopfloch. Ein Gentleman. In Szene gesetzt von einem Fotografen, der weiß, wie man Bilder schafft, die die Wirklichkeit bezwingen und von Liebe und Glück erzählen, ein Leben lang und darüber hinaus.

Ein Tag, hatte der Engländer gesagt, an dem die Eltern sich verschulden für einen Glanz, den es nur auf Bildern gibt. Ein einziger Tag, für den sie abzahlen bis in alle Ewigkeit, während die Schwester und ihr Mann zwischen Aufstieg, Niedergang und mit immer neuen Geschäftsideen in der Ära von Margaret Thatcher um ihre Existenz kämpfen. Einmal wird der Engländer ihnen unter die Arme greifen und neben seiner Schwester bei einem Rockkonzert in einer Bude auf Rädern Pfannkuchen backen, während Rod Stewart auf der Bühne »I am sailing …« singt.

Bei der eigenen Hochzeit im Jahr 1937 steht die Mutter wie eine Lady im weißen Kleid aus Spitze und Seide vor einem Hintergrund, der sich in einen Himmel öffnet. In ihren Augen ein unschuldiges Staunen über die geliehene Pracht. Sie hat das Kleid nie besessen, das sie trug, als sie den Mann heiratete, der jetzt neben ihr am Tisch im Wohnzimmer sitzt und auf dem Bild fehlt. Kein Foto von ihm im geborgten Smoking neben der Frau, die er ein Leben lang anbetet, sagt der Engländer, und der er nie genügen wird. Wenn der Vater hin und wieder auf winzigen Abzügen mit gezacktem Rand in den Blick gerät, bewegt er sich nicht im Zentrum der Dinge. Er bleibt abseits, am Rand, korpulent, mit Hosenträgern. Zu seinen Füßen sein kleiner Sohn.

Im Jahr 1961 ist der Sohn dreizehn. Bar-Mizwa in der Eden Lodge Synagoge in Kingsbury. Schwarz glänzende Haare. Die mit Gel geformte Stirnlocke, der dunkle Anzug, weißes Hemd, Krawatte und spitze polierte Schuhe zeigen an, dass er sich den »Mods« zugehörig fühlt. Es sind die Jungen aus der Arbeiterklasse, die sich unter der Devise mehr Schein als Sein ein gutsitzendes italienisches Jackett zusammensparen und von einer Vespa träumen. Entschieden setzen sie sich von den Teddy Boys ab, die in überlangen Jacken mit Revers aus Kunstfell und Röhrenhosen auf dicken Kreppsohlen mit eingeknickten Knien herumlaufen.

An einem langen Tisch sind sie alle zu sehen. Männer aus der mütterlichen Familie mit schmalen Ganovenbärtchen und Fliege, Nachkommen des »French polishers« Lewis Grann. Frauen, frisch vom Friseur, Reihen künstlicher Perlen um den Hals, Ohrclips und eckige Kunstlederhandtaschen mit glänzenden Verschlüssen. Hetty im weiten, weißen Gewand, das ihre Verbände verbirgt. Neben ihr Großmutter Bella im Strickkostüm. Norah, die Mutter, im engen, geblümten Kleid. Als der Sohn sie auf die Wange küsst, blickt sie stolz in die Kamera. Den, der hier gefeiert wird, hat sie geschaffen. Der Vater wirkt, als hätte er nicht teil daran, als wäre er zu Gast. Niemand aus seiner Familie ist gekommen, außer Leah, seiner Mutter. Sie sitzt neben ihrem Sohn, abgewandt, verschlossen, eine Fremde. Sie schauen sich nicht an. Kein einziges Mal. Obwohl sein Mund lächelt, sind seine Augen voller Schwermut. Eigentlich ist er nicht da. Er scheint woanders, versunken in Welten, von denen nur er und die alte, bittere Frau neben ihm etwas wissen.

Die Nacht verbringen wir auf einem Sofa, nicht mehr das alte aus Kingsbury, sondern ein neues, aus grünem Kunstleder. Am Morgen schrecken wir hoch, als die Mutter in der Küche stürzt. Schwer atmend liegt sie auf dem Boden. Das Huhn, das sie für das Mittagessen in den Backofen hatte schieben wollen, ist ihr aus den Händen geglitten und durch die Küche gerollt. Der Vater hält ihre Hand, bis der Krankenwagen kommt. Am nächsten Tag begleitet mich der Engländer ein letztes Mal an die Fähre. Dann fährt er zu seinem Vater und bleibt bei ihm, bis seine Frau aus dem Krankenhaus entlassen wird.

11

Im März 1973 schlägt die IRA mit mehreren Autobomben in der Londoner City zu. Telefonische Vorwarnungen gehen bei der »Times« ein. Zwei Bomben werden rechtzeitig entschärft, eine dritte geht im Regierungsviertel hoch. Die Explosion ist kilometerweit zu hören. Bei der vierten und fünften kommen die Spezialisten zu spät. Die eine Bombe lässt sämtliche Fenster eines Hochhauses mit zwanzig Etagen zu Bruch gehen. Vom Himmel stürzen Glassplitter auf fliehende Menschen. Zerfetzte Autos. Wie der »Blitz«, sagen die älteren Leute, die die deutschen Angriffe auf London noch miterlebt haben. Verletzte irren durch die Straßen, Blut in den Gesichtern, an den Händen. Streikende medizinische Hilfskräfte eines Krankenhauses eilen an ihre Arbeitsplätze zurück, als sie hören, was geschehen ist. Die letzte Bombe explodiert vorm Old Bailey und tötet den Wächter am Eingang. Auf Zeitungsbildern ist zwischen Polizisten und dem, was einmal ein Mini Cooper war, noch immer die ausgebleichte Frage »Whose Conspiracy?« an der Wand des Old Bailey zu erkennen.

Wenige Tage später verlässt der Engländer das Haus in Holloway und nimmt die Fähre über den Kanal. Er kommt mit Verzögerung an. Der erste Versuch schlägt fehl. An Deck schläft er ein und merkt nicht, dass ihm Portemonnaie und Zugticket aus der Manteltasche gestohlen werden. Er muss zurück, und ich schicke ihm Geld. Eine Woche später steigt er morgens aus dem Interzonenzug am Bahnhof Zoo. In der Reisetasche »Where the Wild Things Are« von Maurice Sendak für meinen Sohn. Er hat sich ein kleines Kind vorgestellt und steht einem achtjährigen Jungen gegenüber, der längst aus dem Wolfsanzug herausgewachsen ist, in dem Max zu seinen Abenteuern bei den wilden Kerlen aufbricht. Er kann die Situation, die ihn an meiner Seite erwartet, nicht einschätzen. Während er sich geschmeidig durch London bewegte, ist der Engländer in Berlin unsicher und weiß eigentlich nicht, was er in dieser Stadt tun soll. Auf dem Weg vom ersten Hinterhof in den zweiten, als er nach dem dunklen Durchgang plötzlich ins Helle tritt, den Blick schon nach oben zu der breiten Fensterfront unserer Fabriketage gerichtet, kommt er mit seinen schweren Stiefeln an einem Pflasterstein ins Straucheln. In der Sekunde, bis er sich wieder fängt, scheint hinter seinem verwegenen Äußeren wieder die Unsicherheit, fast Ängstlichkeit auf, die ich in manchen anderen Augenblicken an ihm bemerkt hatte. Und weil er nahezu jedes Mal an dieser Stelle an den gleichen, hochstehenden Stein stößt, kommt mir das Unheimliche in den Sinn, das er Deutschland gegenüber empfindet. Vielleicht, so denke ich später, als alles vorüber ist, war seine Liebe auch ein Versuch, dieses Unheimliche zu bewältigen.

Er muss Geld verdienen und plant Artikel über politische Häftlinge in Deutschland für »Time Out« und andere Zeitungen. Ich zeige ihm das alte Frauengefängnis in der Lehrter Straße und mache Fotos von vergitterten Fenstern, als die Polizei auftaucht. Sie beschlagnahmen die Kamera, nehmen uns fest, sperren uns in Zellen, wo mir schwarz vor Augen wird. »You want to free the prisoner«, bedrängen sie den

Engländer mit deutschem »r«, immer wieder der eine Satz, mehr eine Behauptung denn eine Frage. »What prisoner?«, fragt er zurück. Wir wissen nicht, dass an diesem Tag ein prominenter politischer Häftling unter größter Geheimhaltung im Frauengefängnis untergebracht worden ist, um in einem laufenden Prozess vorgeführt zu werden. Nach Stunden sind wir wieder frei. Aber er fasst nicht Fuß in Berlin. Auch ich bin der ständigen Beschattungen und Verdächtigungen in dieser künstlichen, überwachten und eingemauerten Stadt überdrüssig. In Frankfurt, so hören wir, sollen die alten Gründerzeithäuser im Westend abgerissen werden, um Hochhäuser an die Stelle zu setzen. Auf der Bockenheimer Landstraße tobt der Häuserkampf. Der Engländer nennt es »grassroots politics«. Zu Beginn der Sommerferien gebe ich die Fabriketage in andere Hände, und wir verlassen Berlin Richtung Hessen, wo das Mittelgebirge der Rhön auftaucht, die Landschaft meiner Kindheit, Wiesen mit Apfelbäumen und auf einem Felsen das alte Gemäuer, in dem ich aufgewachsen bin.

12

In Frankfurt am Main ist der Engländer am richtigen Ort. Besetzte Häuser im Westend, politische Fabrikarbeit im Gallusviertel, Fußball im Ostpark. Samstagsnachmittags wird er als proletarischer Libero willkommen geheißen. Danach Apfelwein, Analyse des Spiels und der Weltlage an langen Holztischen. Der Hauptfeind in Frankfurt ist nicht der amerikanische Imperialismus wie in Berlin, es sind die Häuserspekulanten. Unbezahlbare Wohnungen und nichts zu bekommen. Vier Frauen, die gemeinsam ein kleines afrikanisches Mädchen aufgezogen haben, verlassen die Stadt, und wir übernehmen fünf Zimmer mit Frankfurter Bad, das durch einen Vorhang von der Küche abgetrennt ist.

Nach dem Fußball läuft die Wanne voll. Der Engländer liegt im heißen Wasser, zu beiden Seiten ein Kofferradio. Links Eintracht Frankfurt, rechts Tottenham Hotspur. Daneben das Telefon. Zwei Spiele gleichzeitig. Von der einen Seite Englisch, von der anderen Deutsch, das er nicht versteht. Wenn ein Tor fällt, dreht er die Eintracht runter und ruft seinen Vater an. Dann hört man nur noch einen Namen. Cyril Knowles, der linke Verteidiger, von dem Sieg oder Niederlage abhängt. Wenn es schlecht steht für die Spurs, atmet der Engländer so schwer in der Badewanne, dass ich um sein Leben fürchte.

Die Wohnung liegt im zweiten Stock an einer Straße, durch die der Verkehr in stetem Fluss zwischen Alleenring und Eschenheimer Turm rauscht. Über uns eine Wohngemeinschaft. Ganz oben in Dachkammern Jugoslawen, Jugos genannt. Ein einziger Wasserhahn auf dem Flur, zum Waschen und Kochen. In der Wohnung unter uns eine dicke blonde Frau, die Tag für Tag, die Arme auf ein Kissen gestützt, am Fenster den Verkehr und die Menschheit kommentiert. Am Monatsersten erscheint die Hausbesitzerin, um Miete und Wassergeld zu kassieren. Sie kommt aus der Rhön. Ihre Sprache hört sich an wie die der Bauern in meinem Dorf, wenn sie Schriftdeutsch reden. Sie stört sich nicht an den vielen Bewohnern, solange das Wassergeld stimmt, das sie pro Person berechnet. Mein Sohn bekommt das ruhigste Zimmer nach hinten, zum Hof hinaus. Geheizt wird mit Öl, das im Keller in Kannen gefüllt nach oben getragen wird. Wenn zu viel Öl in den Ofen läuft, müssen wir es ausbrennen lassen und stehen mit einem Wassereimer davor, bis die Flamme sich im Inneren beruhigt.

Auf der anderen Seite des Vorhangs wird abwechselnd gekocht. Zum Essen treffen sich alle an einer weiß gestrichenen Tischtennisplatte in der großen Diele. Wir sind zu fünft. Zwei Frauen, zwei Männer, ein Kind. Mein Sohn kommt vom Spiel aus dem Holzhausenpark zurück, eine Freundin aus der Vorlesung. Ich habe nach dem Unterricht in einer Grundschule mit den Kindern noch an einem Trickfilm gearbeitet. An einem Daumenkino haben sie gelernt, wie aus einem Einzelbild laufende Bilder entstehen. Sie malen einen Hintergrund, entwickeln Szenen für einen Zirkus, schreiben ein Drehbuch und fertigen winzige Pappfiguren an, in denen sie ihre Träume von ungeahnten Fähigkeiten am Trapez und auf Pferderücken verwirklichen. Abwechselnd stehen sie auf einem Stuhl am Stativ, die Hand am Drahtauslöser einer Acht-Millimeter-Kamera. Andere liegen auf dem Fußboden und schieben die Figuren bei jedem Druck auf den Auslöser immer ein kleines Stück weiter.

Die beiden Männer kommen nach acht Stunden Arbeit aus der Fabrik zurück. In Frankfurt am Main geht man an die Basis, wenn es gilt, in der Welt etwas zu verändern, nicht in den bewaffneten Untergrund. Der Engländer ist jetzt Hilfsarbeiter im Gallusviertel. Im Morgengrauen löst er sich von mir, steht auf, sitzt eine Weile in der Diele beim Tee und liest noch einmal den »Guardian« vom Vortag. Dann kommt er wieder zurück und sagt leise etwas in meinen Schlaf, was mich durch den Tag begleitet. Eine Zeile von Shakespeare oder ein Gedicht aus »Winnie the Pooh«. Was er in diesen Augenblicken fühlt, wird er immer in seiner Sprache sagen, auch dann noch, als das Deutsche ohne Sprachkurs und Wörterbuch über Nacht gekommen war.

Im Blaumann fährt er, oft noch in der Dunkelheit, auf einem alten Vélosolex kurz hinter der U-Bahn-Station Grüneburgweg durch eine kleine Straße auf den Reuterweg, dann über die Taunusanlage, am Bahnhof vorbei, die Mainzer Landstraße entlang bis zur Kleyerstraße. Bei T&N schöpft niemand Verdacht, als sie einen ungelernten Engländer einstellen, der es nicht gewohnt ist, Werkzeug in den Händen zu halten. Mit der täglichen Routine eines Werktätigen taucht er Leiterplatten in galvanische Bäder. Danach trifft er sich mit anderen, die als Arbeiter getarnt in die Fabriken gehen, in die Adlerwerke oder zu Opel nach Rüsselsheim. Im Mittelpunkt ihrer Diskussionen stehen die Gastarbeiter, die Griechen und Jugoslawen. In illegalen Betriebszeitungen erscheinen Berichte über ihre Situation, ganz unten auf der Lohnliste und ganz oben in der Ausbeutung. Als eine Kündigungswelle droht, fordert der Engländer bei einer Betriebsversammlung die Entlassung des Führungspersonals und wird gefeuert.

13

Am 24. April 1974, abends kurz vor elf Uhr, spielt der portugiesische Rundfunk ein Liebeslied, in dem das Wort »Abschied« vorkommt. Die Portugiesen kennen das Lied vom Eurovision Contest, aber nur ein paar linksgerichtete Offiziere in den Kasernen verstehen die Botschaft und machen sich bereit. Kurz nach Mitternacht ein zweites, von der Zensur verbotenes Lied. Es handelt vom Volk, das die Macht ergreift. »Grandola Vila Morena« ist das Signal für den Aufstand. Nach achtzehn Stunden ist eine sechsunddreißigjährige Diktatur beendet. Geschossen wird nicht mehr. Am Abend des 25. April stecken die Frauen den Soldaten rote Nelken in die Gewehrläufe. Wer kann, macht sich aus aller Welt auf den Weg nach Portugal.

Die Sommerferien in Hessen hatten früher begonnen als im Jahr davor. Mein Sohn ist ab Ende Juni mit seinem Vater unterwegs. Der Engländer und ich haben eine Matratze in meinen Citroën-Kastenwagen gelegt, auf dem Dachgepäckträger eine große rote Gepäckkiste aus Blech. Über den Zigarettenanzünder betreiben wir einen Kassettenrecorder. Kein Fado, keine »Saudade«, keine traurigen Lieder von unerfüllter Liebe und Sehnsucht nach der Vergangenheit. Wir fahren mit Rockmusik in die Zukunft, zweitausenddreihundert Kilometer durch Frankreich, Nordspanien, Galicien, nach Süden Richtung Lissabon. Noch immer ohne gültigen Führerschein, nur mit einem englischen Provisorium, sitzt er am

Steuer, als wir in der Dunkelheit nach Porto hineinfahren. Ein altes, hohes Gebäude, ein weiter Platz. Unmengen von verstreutem Papier. Einzelne Blätter werden vom Wind aufgewirbelt, flattern im Nachthimmel und sinken zurück aufs Pflaster. Während der Augenblicke, in denen wir langsam durch das Aufflattern und Niedertaumeln gleiten, steigen Bilder hoch, wie sie bei Revolutionen von erstürmten Machtzentralen in die Welt hinausgehen, Bilder von Akten, die aus den Fenstern geworfen werden.

Aus dem Nichts tauchen junge Männer auf und versperren uns den Weg. Dicht umstellen sie das Auto, schauen hinein. Wir können nicht ausmachen, ob sie zu denen gehören, die das Regime gestürzt haben, oder ob es sich um letzte Getreue der alten, diktatorischen Ordnung handelt. Die jungen Männer halten Knüppel in den Händen. Wir sagen kein Wort. Keine Frage, kein Anbiedern mit Siegeszeichen. Jede Geste, jede Bemerkung kann die falsche sein. Ein, zwei Minuten Abwarten in eisigem Schweigen. Dann entdecken sie die Matratze hinten im Auto und winken uns mit den Knüppeln vorbei. Erst als wir die Stadt hinter uns haben, hält er an. Seine Hände lösen sich schweißnass vom Lenkrad. Irgendwo bei Espinho schlafen wir eng umschlungen im Auto. Am nächsten Tag meiden wir, wo immer es geht, die Ortschaften und fahren am Meer entlang nach Lissabon.

Eine Stadt im Freudentaumel. Der Rossio voll von Menschen aus ganz Europa. Mittendrin die Fußballer aus dem Frankfurter Ostpark. Wir steigen durch enge Gassen zu einem Haus ins Barrio Alto hinauf und scharen uns um eine Frau in meinem Alter, die bis vor kurzem zu den meistgesuchten Personen Portugals gehörte. Eine zarte, schmale Gestalt, Untergrundkämpferin, Mutter eines kleinen Kindes. Freimütig, in gebrochenem Englisch, spricht sie von den bewaffneten Anschlägen gegen die Diktatur, die sie auf die Fahndungsliste gebracht haben. Sie tut es in der Siegesgewissheit, dass der Geheimdienst Pide mit der Revolution am 25. April vom Erdboden verschwunden ist. Während die Ostpark-Fußballer und der Engländer ihre Einschätzung der Lage diskutieren, gehen mir die dunklen Gestalten von Porto nicht aus dem Sinn.

Wir fahren weiter nach Süden. Links eine Abfahrt nach Grandola, dem Minenstädtchen, das auf immer mit dem 25. April verbunden bleiben wird. Rechts führt die Straße zu einem kleinen Ort an einer Steilküste. Einzelne niedrige Häuser über dem Meer. Abseits eine Dorfschule, an die ausgetrocknete Erde geduckt. Über die Hochebene, schroff und klar, fegt der Atlantikwind. In der Nacht träume ich, Lehrerin in der winzigen Schule zu sein. Auch tagsüber träume ich davon. Hellblau, mit der roten Kiste auf dem Dach, steht der Citroën an der Steilküste. An den Wänden der weiß gestrichenen Häuser ein einziges Wort: Liberdade.

14

Der Engländer geht zu Degussa, wie er zu T&N gegangen ist. Ich kann mir bis heute nicht erklären, wie er jemals das Gebäude eines Konzerns betreten konnte, der daran beteiligt war, das Gift für die Gaskammern herzustellen. Unbegreiflich auch, dass mir nicht sofort jener Tag im Bürgerhaus Gallus vor Augen stand. Jener Herbsttag des Jahres 1964, als eine holländische Überlebende im Auschwitzprozess als Zeugin vom Verteidiger der SS-Wachleute wieder und wieder in ihre Erinnerung gequält wird mit der Frage, ob auf den in einem Schuppen gestapelten Blechdosen wirklich der Name Zyklon B zu lesen war.

In den Diskussionen der Betriebsgruppen argumentiert der Engländer aus dem Blickwinkel der Arbeiterklasse, nicht als Jude. Juden – das sind die Frankfurter Häuserspekulanten. Degussa ist ein Betrieb wie jeder andere, in dem Menschen ausgebeutet werden, besonders die Gastarbeiter. Darum geht es ihm jetzt, nicht um die Vergangenheit Deutschlands, vor der er sich fürchtete, bevor er herkam.

Bei Degussa trifft er auf Spanier, die von Deutschland aus gegen den Diktator Franco kämpfen. Sie leben mit zwei Identitäten. Wir kennen sie nur unter ihren Decknamen. In den Sommerferien kehren sie für ein paar Wochen nach Hause zurück. Als der Engländer und ich uns im Juli 1975 auf den Weg nach Spanien machen, schmuggeln wir verbotene Bücher, Zeitungen und Flugblätter für die Arbeiter von Degussa in ihre Heimat. Die dicken Packen liegen unter dem rot-weiß gestreiften Überzug einer Matratze auf der Ladefläche hinten im Citroën. Wir spüren sie im Schlaf. Bei La Jonquera halten wir den Atem an, bis man uns durchwinkt. Dann der lange Weg von Barcelona über Lleida, Zaragoza, Valladolid, durch die Kordilleren und ausgebleichte Hochebenen.

Das Dorf liegt nahe der portugiesischen Grenze. Der Arbeiter von Degussa hält in regelmäßigen Abständen Ausschau, bis wir uns auf der Landstraße in einer Staubwolke nähern. Das Material unter der Matratze muss weggeschafft werden, ehe wir das Gehöft hinter der weiß gekalkten Mauer betreten. Der Spanier schärft uns den altmodischen Namen ein, mit dem ihn seine Eltern rufen. Wir dürfen ihn nicht verwechseln mit seinem Decknamen, an den wir gewöhnt sind.

Die Wunden des Bürgerkriegs sind nicht verheilt. Das alte Gewehr, das der Vater vor über dreißig Jahren auf die richtete, mit denen sich sein Sohn jetzt zusammengetan hat, steht noch immer bereit. Geölt und geladen lehnt es auf dem Dachboden. Aber alles hat seine Ordnung. Der Engländer ist Freund des Sohnes und damit Freund des Hauses. Dass er lange Haare hat, tut nichts zur Sache. Ich bin seine Frau und wir werden aufgenommen in die Gastfreundschaft eines politischen Gegners, wenn nicht Feindes. Wir bekommen das schönste Zimmer und zum Frühstück Knoblauchsuppe. Am Nachmittag betrinken wir uns auf der Wiese vor einer kleinen Bodega, eine Höhle, in den Wegrain gegraben. Die Trauben haben sie mit den Füßen zerstampft, ein Stück Speck im Bottich hat dem Wein die Säure genommen. Der Wein ist jung und trüb, hat ein helles Rot und steigt uns, ohne dass wir es bemerken, zu Kopf. Sie sitzen um uns herum im Gras, der Vater im weißen Hemd und mit Baskenmütze, die Mutter im schwarzen Kleid mit Schürze, der Sohn und seine Frau. Heimliche Schadenfreude in den Gesichtern, warten sie, dass wir versuchen aufzustehen. Aber sie wissen schon, dass wir es nicht mehr können. Der Wein hat uns niedergestreckt, und unter dem Gelächter eines Anhängers und eines Gegners von General Franco schlafen wir ein – auf einer Wiese, westlich von Zamora.

Wir fahren weiter durch die Estremadura. Es sind Szenen aus Buñuels Dokumentarfilm »Las Hurdes«, die uns durch diese ärmste Gegend Spaniens leiten. Manchmal haben wir in der Erinnerung die gleichen Bilder vor Augen. Kinder, die hartes Brot in eine Pfütze tauchen und daran kauen. Kinder ohne Schuhe, die über spitze Felsen laufen. Eine Kamera, die Kinderfüßen in die Schule folgt. Eng aneinandergedrückt, baumeln die Füße in einer langen Reihe von den Bänken herab, klein und nackt. Und im Klassenzimmer von Las Hurdes, dem Land ohne Brot, wo niemand etwas besitzt, schreibt ein Junge einen Satz an die Tafel: »Respetad los bienes ajenos« – »Achtet fremdes Eigentum.«

Bei Badajoz fahren wir über die Grenze nach Portugal, und alles ist anders als im Jahr zuvor. An der Wand der kleinen Schule am Meer südlich von Lissabon, in der ich gerne Lehrerin gewesen wäre, ist das Wort »Freiheit« nicht mehr zu sehen. Ein Jahr nach dem Aufstand sind an den Wänden nur noch Abkürzungen zu lesen, hinter denen Parteien stehen, die sich gegenseitig bekämpfen.

15

Zwei Jahre lang mischt der Engländer im Labor von Degussa Farben an, die er auf Kacheln streicht und zum Brennen in einen Ofen schiebt. Dann kündigt er – nicht, weil ihm der Name Degussa die Luft abschnürt. Inzwischen weiß er, wie es ist, jeden Morgen um halb sechs aufzustehen. Immer der gleiche Weg auf dem Vélosolex, im Labor immer die gleichen Handbewegungen, mittags Kantine, abends Treffen mit den Betriebsgruppen und auch hier immer die gleichen Diskussionen. Er hat die Arbeit ausgehalten, aber sieht keinen Sinn mehr in dem, was er tut.

In dem Jahr, als Elvis stirbt, machen wir unsere letzte große Reise. Wieder sind wir in Spanien unterwegs. Franco ist tot. Die Arbeiter von Degussa haben ihre falschen Namen abgelegt und sind in ihr Land zurückgekehrt. Einen von ihnen besuchen wir in Barcelona. Meine Freundin aus der Wohnung in Frankfurt hat sich in ihn verliebt und ist mit ihm nach Spanien gegangen. Zusammen fahren wir in sein Dorf bei Alicante. Seine Großmutter bereitet Paella auf einem Reisigfeuer zu und verscheucht die Fliegen über der Pfanne mit einer riesigen Giftspritze. Als wir uns auf den Weg weiter nach Süden machen und ihr Enkel mit meiner Freundin nach Barcelona zurückkehrt, steckt die Großmutter ihm Geld zu. Sie ist arm und alt. Er will das Geld nicht und schiebt es wieder in ihre Schürzentasche. Aber sie rennt hinter ihm her und drückt es ihm in die Hand. Er, schon am Auto, wirft es zu ihr zurück. Sie hebt es auf und lässt es beim

Abschied durchs Autofenster fallen. Als er das Geld noch einmal zurückwirft und dann eilig losfährt, löst sich das Bündel vor ihrem Häuschen in einzelne Scheine auf und verteilt sich über dem sandigen Weg. Mühsam sehe ich die alte Frau durch den Rückspiegel auf und ab gehen und die Peseten-Scheine einsammeln, bis sie es beim nächsten Mal wieder versuchen wird.

In Algeciras nehmen wir die Fähre nach Tanger. Wir fahren weiter ans Meer. Elvis Presley stirbt am 16. August 1977 mittags um halb zwei. Der Engländer holt den Kassettenrecorder aus dem Auto, legt »The Devil in Disguise« ein und tanzt am Strand von Asilah. Dann kocht er Couscous auf einer kleinen Gasflamme. Er trägt jetzt eine Jelaba. Er könnte auch Marokkaner sein.

16

Den Herbst über gibt er Englischstunden in einer Realschule. Er bringt Musik mit in den Unterricht. Die Schüler übersetzen einen Text von Albert Hammond. Der Song erzählt von einem, der alles aufgibt für eine Free Electric Band – das Elternhaus, das Studium und auch das Mädchen, das ihn heiraten will. Als die Schüler den Text auswendig können, singen sie ihn laut im Klassenzimmer mit. Eines Tages schreibt ein Mädchen etwas an den Rand ihres Heftes: »Advent, Advent, ein Jude brennt, erst Kopf, dann Bein und dann das ganze …« Vor dem letzten Wort, das sich auf Bein reimt, hat das Mädchen abgebrochen. Als er sie fragt, wie es weitergeht, will sie es nicht sagen. Aber er weiß, was fehlt. Er hatte es ja auf den Fotos von jüdischen Geschäften gelesen, in großen Lettern an die Schaufenster geschrieben, mit weißer Farbe und breitem Pinselstrich.

Den Englischunterricht gibt er auf. Morgens geht er nicht mehr weg. Er lässt seine Liebe nicht mehr in meinem Halbschlaf. Von dem, was zwischen uns war, sind die Abschiede das Tiefste und Stärkste gewesen. Früher waren es die Minuten vor der Passkontrolle in Heathrow oder in Dover an der Fähre. Dann die Augenblicke im Morgengrauen, bevor er zu seiner Arbeit ging und an der Tür wieder umkehrte, um noch einmal zu mir zurückzukommen. Jetzt hat er nichts mehr, was er zurücklassen könnte. Er ist verstummt. Jetzt bleibt er, wenn ich gehe, und wenn ich zurückkehre, ist er nicht da. Er ist nicht zu Hause in seinem Zimmer. Kein

Platz, den er für sich hergerichtet hat. Eigentlich kann er nicht wohnen. Er weiß nicht, wie man das macht. Er hat es nie gelernt, es ist ihm nicht mitgegeben worden. Auch in dem Haus in Holloway hat er nicht gewohnt. Vielleicht war es sein Zimmer, in dem ich schlief, als er damals in der Nacht unter meinen Hasenfellmantel schlüpfte. Aber es gab keine Spuren im Raum, an denen ich irgendetwas von ihm hätte erkennen können. Die Wohnung, in der wir seit sechs Jahren leben, ist für ihn kein Ort geworden. Er war in meine Welt gekommen, doch ich nicht in die seine. Seine Welt ist eine Durchgangsstation, wohin, das weiß er nicht zu sagen. Er ist fremd in den Räumen. Er benutzt sie, wirft dort Dinge ab, den »Guardian«, Kleider, Fußballschuhe, Bücher, die er verschlingt und dann irgendwo liegen lässt. Die Nächte schläft er noch bei mir, aber er liegt fern an meiner Seite. Von seinem eigenen Bett aus verfolgt er die Tottenham-Spiele. Seit wir einen Fernseher angeschafft haben, sitzt er mit Trikot und Schal vorm Bildschirm. »Who would want to see Ginger Rogers«, hört man jetzt den Reporter durchs Mikrofon schreien, als der neue Mittelfeldspieler über den Rasen dribbelt, »when you can have Glenn Hoddle!«

In dieser Zeit baut er eine Mauer um sich herum auf, undurchdringlich, gepanzert mit Terminen. Das Wort Termin nimmt immer größeren Raum in seiner Sprache ein. Es gilt für alles, was sich außerhalb der Wohnung abspielt. Als er eines Nachts nicht nach Hause kommt, weiß ich, dass es auch für andere Frauen gilt. Er schneidet seine langen Haare ab. Plötzlich will er ein Kind, ganz gleich, von wem, von einer der Frauen, mit denen er jetzt schläft, oder von mir. Ein Kind und eine Familie. Am Ende ist Tottenham sein letzter Halt. Dann aber verlieren die Spurs gegen Eintracht Frankfurt. Im Waldstadion, sagt mein Sohn, habe sich, als die Tore fielen, die Gesichtsfarbe des Engländers in ein fahles, totenähnliches Grün verwandelt, so, wie er es noch nie an ihm gesehen habe.

17

Es ist Winter, als wir uns noch einmal in London treffen. Er steht am Flughafen von Heathrow und nimmt mich in die Arme, wie früher. Wir verbringen die Nacht im Haus in Holloway, wo alles begonnen hatte. Aber das Haus ist leer. Die, die hier einmal um den Küchentisch saßen und Aufrufe für die Stoke Newington Eight schrieben, sind Journalisten geworden und Lehrer, oder sie sind in ein Cottage aufs Land gezogen. Die beiden schuldig gesprochenen Paare wurden nach sechs Jahren vorzeitig aus der Haft entlassen. Anna Mendelson mit den schwarzen Locken heiratet, bekommt Kinder und schreibt Gedichte. Von ihrem damaligen Gefährten Jim Greenfield keine Spur. John Barker, der Schulfreund des Engländers, dessen Auftritt vor Gericht selbst die Gegenseite beeindruckte, hat das Gefängnis, wie er selbst sagt, zum Kriminellen gemacht. Wegen Drogen kommt er noch einmal hinter Gitter. Danach schreibt er einen Roman über die Verwicklungen von Finanzmärkten und Kokainhandel. Die Aktionen der Angry Brigade, sagt er in einem Interview, seien in den jetzigen Zeiten notwendiger, als sie es damals gewesen waren. Er sei heute zorniger denn je. Hilary Creek, die neben ihm auf der Anklagebank saß, unterstützt Kampagnen gegen Globalisierung. »Wir werden uns nicht ändern, wenn wir schuldig gesprochen werden«, hatte sie in ihrer Schlussrede vor Gericht gesagt, »wir werden immer das sein, was wir sind.« Ian Macdonald, der Solicitor, der den Angeklagten damals zur

Seite stand, ist ein bekannter Menschenrechtsanwalt geworden.

Der Engländer und ich sitzen in einem Restaurant und wissen zum ersten Mal nicht, was wir einander sagen sollen. Als es Zeit wird, zum Bahnhof zu fahren, will er sein Auto holen. Aber der Parkplatz wurde inzwischen geschlossen. Er klettert über den Zaun und schiebt mein Gepäck über das Geländer. Ich halte ein Taxi an. Abschied durch die Eisenstäbe. Er wird im Auto warten, bis sich das Tor bei Tagesanbruch öffnet. Dann wird er sich auf den Weg nach Wembley machen und mit seinem Vater zum Fußball gehen. Ich fahre in die Nacht. Als ich am frühen Morgen in Frankfurt ankomme, steht mein Sohn auf dem Bahnsteig. Ich werde die Stadt verlassen. Er aber möchte dortbleiben, solange er in die Schule geht. So kehre ich allein wieder nach Berlin zurück.

Der Engländer kommt noch einmal, um mir beim Streichen meiner neuen Wohnung zu helfen. Auf dem weiten staubigen Gelände eines Flohmarkts sehe ich ihn zwischen den Ständen in der Brachlandschaft, wo früher einmal der Anhalter Bahnhof gestanden hatte. Bei irgendeinem Händler haben wir uns aus den Augen verloren. Ich weiß nicht mehr, warum er meinen alten, dunkelblauen Trainingsanzug trägt. Vielleicht hatte er ihn ausgeliehen, um am Morgen einen Dauerlauf durch den Tiergarten zu machen. Die Hose reicht ihm bis zu den Waden, die Jacke mit Strickbund und Reißverschluss nur knapp bis zur Taille. Als er den Arm hebt, die Hand über die Augen legt und den Blick gegen die Sonne über den Platz wandern lässt, um nach mir Ausschau zu halten, rutscht die Jacke nach oben. Mit nacktem Bauch steht er da, wie ein verlorenes, aus den Kleidern herausgewachsenes Kind. Wenn ich gekonnt hätte, wäre ich, als er dort stand, zu ihm zurückgekehrt. Aber ich konnte es nicht, und es war nur ein Augenblick. Dann sahen wir uns nicht mehr für lange Zeit. Es war ihm zu schmerzlich geworden, hatte er gesagt. Als wir uns wieder begegnen, ist eine Freundschaft entstanden, die uns länger begleiten wird, als es Liebe und Verlangen je vermocht hätten.

18

Ich dachte, er würde nach London zurückkehren. Aber er bleibt in Deutschland, in unauflösbarem Widerspruch. Die Worte seiner Mutter haben ihn eingeholt. »Du wirst nie dazugehören. Du bist Jude und wirst es immer bleiben.« Der Satz hatte nicht Halt gemacht vor den beiden Zimmern in Kingsbury, in denen er seine Kindheit verbrachte. Sie waren ebenso wenig jemals ein Zuhause für ihn, wie es unsere Wohnung in Frankfurt gewesen war. Jetzt, als Fremder in einem Land, in dem er stets auf der Hut ist, sieht er klarer als zuvor, dass das Schweigen seines Vaters ihn nicht nur aus der Geschichte der eigenen Herkunft ausschließt. Es zieht ihm überall den Boden unter den Füßen weg.

Was er eigentlich in Deutschland will, weiß er nicht. Er will dazugehören. Aber zu wem, zu was? Zu einer politischen Bewegung, die gerade dabei ist, sich in einzelne Ziele und Interessen zu zersplittern? Zu den Deutschen, bei denen er nie zu Hause sein wird und doch den größten Teil seines Lebens zubringt? Zu den Frauen, die er für seine Anerkennung braucht, um sie dann immer wieder gegen andere, neue einzutauschen? Er muss seine Existenz in diesem Land erklären, einen Grund dafür finden, hier zu sein, so wie die Liebe einmal ein Grund gewesen war zu kommen.

Auch unter den alten Weggefährten, die in Frankfurt eine neue Partei gründen, fühlt er sich zunehmend fremd. Im Ostpark spielen sie nach wie vor gemeinsam Fußball, aber er ist kein Politiker und will es auch nicht werden. Aus Gewohnheit geht er weiter zu den Terminen in einer aufgelassenen Autoglaserei in der Krifteler Straße, wo noch immer die politische Arbeit im Gallusviertel diskutiert wird.

Auf dem Bürgersteig hängen italienische Jugendliche herum, die in den Fabriken und Werkstätten der Umgebung eine Lehre machen und sich nach der Arbeit langweilen. Stundenlang stehen sie an der gleichen Stelle, versuchen, mit vorbeigehenden Mädchen anzubandeln, und erzählen sich Witze. Eine Gang, die sich aufspielt und die Zeit totschlägt. Wenn hinter dem breiten verglasten Tor, durch das früher Autos rein- und rausfuhren, die Situation der Gastarbeiter unter die Lupe genommen wird, schielen die jungen Italiener durch die Scheiben und würden in der ehemaligen Werkshalle lieber Disco machen.

Eigentlich sind sie im Weg. Aber der Engländer ist ihnen nahe, wenn sie über AC Mailand oder Juventus Turin reden und er über Tottenham. Er findet sich in ihrer Körperlichkeit wieder, die ausdrückt, wer sie sind in ihrem doppelbödigen Spiel mit Worten und Gesten, auf der ewigen Suche nach Aufmerksamkeit. Ihr Anderssein, das den Blick schärft für die Schwächen derjenigen, zu denen sie eigentlich gehören möchten, erinnert ihn an seine eigene Zeit als »Mod« – mehr Schein als Sein mit italienischem Jackett, spitzen Schuhen und dem unerreichbaren Traum von einer Vespa. Und ihm wird klar, dass diese Söhne eingewanderter Sizilianer eher für einen Pasolini-Film oder eine Bühne taugen als für ein politisches Konzept und dass man sich besser kein Bild davon macht, wie sie sein sollen, sondern genau hinschaut, wie sie eigentlich sind.

19

Wenn er zu den sizilianischen Familien ins Bahnhofsviertel kommt, wird sogleich ein Teller für ihn aufgetragen. Er tut den Müttern leid. Er ist allein, hat niemanden, der für ihn kocht, hat keine Familie. Sie können sich ein solches Leben nicht vorstellen und bieten ihm ein Zuhause an mit Arancini, Granita und einem Eintopf aus sizilianischen Bohnen, den sie ihm einpacken und mitgeben, für den Rest der Woche. Eigentlich würden sie ihn gern verheiraten, ihm eine gute Frau suchen, vielleicht sogar eine von ihnen, die für ihn sorgt.

Wie aus dem Nichts, so muss es mir aus der Ferne erscheinen, entsteht aus den herumlungernden Jugendlichen eine Theatertruppe. Drei Stücke, die von der Gastarbeiterwelt erzählen, haben sie inzwischen im Repertoire: »Qui è la«, »Nach Sizilien fährt man nicht«, »Bienenstrich«. Die drei Stücke mischen sie zusammen zu einem vierten. Sie übernehmen den Titel von Fellinis Film über die Müßiggänger »I Vitelloni« und machen sich zu Beginn des Ferragosto 1980 auf den Weg nach Italien.

Der erste Auftritt ist in Bologna geplant. Während sie vom Lago Maggiore aus in drei VW-Bussen auf die Stadt zufahren, explodiert im Wartesaal des Hauptbahnhofs ein Koffer mit Dynamit. Die Decke bricht ein. Fünfundachtzig Menschen sind tot. Mehr als zweihundert schwer verletzt. Der Zeiger der Bahnhofsuhr bleibt für immer auf zehn Uhr fünfundzwanzig stehen. Auf Zeitungsbildern sieht man junge Männer mit langen Haaren und Schlaghosen nach Überlebenden suchen unter den Trümmern, eingehüllt in Staubwolken, die einem noch beim Anschauen den Atem nehmen.

Bologna ist vollständig abgeriegelt. Sie umgehen die Stadt und fahren weiter nach Florenz. Was sie brauchen, haben sie dabei. Keine Kostüme, aber Musikinstrumente und wie bei den alten Wanderbühnen einen Vorhang, den Grundstoff der Verwandlung, der sich mit Stangen überall aufbauen lässt. Mit einer Prozession durch die Straßen, Trommeln, Gitarren, Gesang und Geschrei locken sie als Gaukler in Bluejeans die Leute aus den Häusern zum Spielort, wo sich aus einem allgemeinen Durcheinander wie im Dialog das Stück herausschält. Es handelt von der Fremde, davon, nirgendwo zu Hause zu sein, von Sprachverwirrungen, von Frauen, Trinken und Essen und dem ewigen Kampf, den die sizilianischen Mütter zu Hause in der Küche ausfechten, wenn es um Pasta gegen Schnellimbiss geht.

Richtig in Fahrt kommen sie im Süden, in ihrer Heimat. Ein Auftritt nach dem anderen. Neapel, Sorrent, quer durchs Land auf die andere Seite. In Matera legen sich die »Vitelloni« aus Frankfurt mit den einheimischen Jugendlichen an. Sie spielen sich auf, brüsten sich mit dem reichen Deutschland und laufen den Mädchen hinterher, bis es zu einer Schlägerei kommt und der Bürgermeister von Matera die Gruppe unter Polizeischutz stellt. Weiter geht es über Tarent, Brindisi, Gallipoli. Wieder zurück nach Kalabrien, wo einer der Akteure die Gruppe verlässt, als sein Onkel von der Camorra ermordet wird. Messina, Palermo, Trapani. In Canicatti kommt ein Team vom hessischen Fernsehen dazu. Sie planen einen Film über einen der Sizilianer, der aus der Stadt stammt und jetzt mit einem Theaterstück heimkehrt. Aber weil in dem Stück auch von der Mafia die Rede ist, bekommen die Fernsehleute keine Dreherlaubnis. Der Bürgermeister hält sie hin. Er hat Angst. Sie warten. Er lässt sich entschuldigen. Sie fragen wieder nach. Entweder ist er verreist oder seine Frau liegt in den Wehen.

Schließlich ziehen sie weiter über Ragusa nach Syrakus. Spielort am Meeresrand, im Hintergrund die Stadt. Das Stück soll vom Wasser aus aufgenommen werden. Und weil es der letzte Abend ist, sind alle so betrunken, dass der Kameramann beim Drehen den Halt verliert und mitsamt dem Filmmaterial ins Ionische Meer fällt.

20

Zurück in Frankfurt, geben fünf der Italiener ihre Arbeitsplätze in der Krifteler Straße auf. Die Tournee hat ihr Leben verändert. Kein Laientheater mehr, sie wollen Schauspieler werden und mit dem Engländer als Regisseur weiterarbeiten. Ab jetzt treten sie mit den Initialen ihrer Vornamen auf, »I MACAP«, Mario, Antonio, Camillo, noch ein Antonio und Pietro. Sie wissen nichts von der Theatergeschichte ihres Landes, haben noch nie etwas von Commedia dell'arte gehört. Aber sie schütteln den Staub von den alten Figuren und füllen die Rollen mit ihrem eigenen Leben. Auch die Kostüme stammen aus ihrer Welt: Schweißerbrillen mit blauen Gläsern. Kochlöffel wie Federn an die Kappen gesteckt. Lange Unterhosen und die schwarzen Westen von den Sonntagsanzügen der Väter. Strohschuhe aus dem Hasenstall hinten im Hof. Fußlappen aus altem Bettzeug.

Das Stück beginnt mit endlosem Gemurmel. Worte, die einen Sinn nur vortäuschen. Eine Kreuzung aus Pantalone, Dottore und Brighela mit Hakennase nähert sich langsam aus dem Hintergrund. Die Gestalt grummelt etwas vor sich hin, Sätze, die sie vorgibt, aus einem großen Buch abzulesen. Das Gemurmel ist unheimlich. Anklage oder Abrechnung mit einer alten, verdrängten Schuld, aufgelistet, Punkt für Punkt. Eine Schuld, die in ihrer Unverständlichkeit jeden betreffen kann und jetzt ans Tageslicht gezerrt wird. Wie eine Erlösung hält schließlich eine andere Stimme dagegen, die mitten aus dem Leben kommt.

Am Bühnenrand sitzt Antonio als Mädchen mit langen Zöpfen und roten Wangen – »Assunta«, die Jungfrau. Assunta rupft ein Huhn und versucht zu erzählen, wie sie ihren Liebsten kennengelernt hat, versucht es während der gesamten Aufführung. Aber ständig geschieht etwas, was sie unterbricht, weshalb sie immer schneller und schneller spricht, bis sich die Stimme überschlägt. Und weil sie jedes Mal mit ihrer Geschichte wieder ganz von vorn anfängt, kommt sie nie zu einem Ende, während hinter ihrem Rücken Verwechslungen, Verwandlungen, Verleumdungen und Mord und Totschlag vorbeirauschen.

Im Sommer des folgenden Jahres ist er mit dem Schiff von Genua nach Sardinien unterwegs. Von Olbia aus weist ihm eine Straße mit der Nummer 127 den Weg, quer über die Insel nach Porto Torres. Er geht zu Fuß, er kommt durch Dörfer, kehrt ein, schläft in einem Albergo und geht weiter. Er ist allein. Im Gehen, sagt er, habe er zurückgeblickt, nach vorn geschaut und Bilanz gezogen. »Ende gut, alles gut« war ein großer Erfolg. Das erste Immigrantentheater Deutschlands hat ihn bekannt gemacht. Es gibt dem Gallusviertel ein Gesicht und dem Engländer das Gefühl, an einem Ort angekommen zu sein. Im Repertoire haben sie jetzt auch Dario Fos »Bezahlt wird nicht« und Goldonis »Streit in Chiozza«. Das Stück »Einer von uns« hat es ins Frankfurter Kammerspiel geschafft. Und für das Staatstheater in Stuttgart hat er mit einer anderen Gruppe eingewanderter Jugendlicher eine Version der Odyssee inszeniert.

Während er allein über ausgetrocknete Erde geht, sieht er etwas vor sich, etwas, was er schaffen, wo er hingehören will. Die ehemalige Garage in der Krifteler Straße als feste

Bühne. Dazu ein Restaurant. »Teatro Siciliano« und sizilianische Küche. Caponata, Cannoli, Vitello al Marsala neben Degussa, Adler und T&N, den Autowerkstätten und den Frankfurter Wasserhäuschen, wo sich die Arbeiter noch zum Bier treffen, bevor sie nach Hause gehen.

In Porto Torres nimmt er eine Fähre nach Marseille, von dort den Zug nach England. Er geht mit seinem Vater zum Fußball und gibt seinen Eltern einen Teil dessen, was er jetzt verdient. Aus Angst vor Einbrechern verstecken sie die Pfundnoten im Staubsauger. In London besorgt er professionelle Bühnenlampen für das zukünftige Theater. Geldgeber findet er im Rotary Club. Dass es Einwände geben könnte, kann er sich nicht vorstellen, als er sein Projekt im Gallus-Zentrum vorstellt. Aber dem Kollektiv verschlägt es die Sprache bei dem Gedanken, sich mit einer Organisation von Unternehmern, die sie eigentlich bekämpfen, an einen Tisch zu setzen.

21

Für den Engländer ist es keine Niederlage. Es ist ein Schicksalsschlag. Allein in seiner Wohnung, beginnt er »Hiob« von Joseph Roth zu lesen und fühlt sich wurzelloser und einsamer denn je. Er wird nie dazugehören. Er ist Jude und wird es immer bleiben.

Als er am frühen Morgen bei den letzten Sätzen ankommt, die nach den Heimsuchungen des Mendel Singer von der Schwere des Glücks und von der Größe der Wunder sprechen, klingelt das Telefon. Das Staatstheater Stuttgart fragt an, ob er den »Mündlichen Verrat« von Mauricio Kagel inszenieren möchte, ein Musikepos, das in überlieferten, gesprochenen Texten und experimenteller Musik vom Teufel erzählt.

Ich kann mich nicht erinnern, dass sich der Engländer jemals mit klassischer Musik oder mit den experimentellen Klangformen der Gegenwart beschäftigt hätte. Seit ihm Charly Watts in der Bakerloo Line gegenübergesessen hatte, war er dem Rock 'n' Roll verfallen. Ständig hatte er neue Platten angebracht und dann dazu getanzt und mitgesungen.

Ein Jahr lang hört er sich in die Musik ein, bis er sie im Kopf hat, und arbeitet sich durch Literatur über den Teufel. Die beiden letzten Sätze der Partitur, die noch einmal die Existenz des Teufels und die Wahrheit der überlieferten Geschichten bekräftigen sollen, streicht der Engländer. Er will kein Fazit. Mit dem Komponisten gerät er darüber in einen unversöhnlichen Streit. Solange er lebe, sagt der Komponist, müsse er, der Regisseur, tun, was er, der Komponist, wolle.

Aber der Engländer hat es nicht getan und seine Interpretation des »Mündlichen Verrats« wird zum Auftakt einer rasanten Laufbahn, die ihn über die Bühnen Deutschlands, Europas und in die Vereinigten Staaten führt. Auf Kagel folgt Puccini. In einer Oper war er noch nie. Noten lesen kann er nicht. Nur einmal hatte er als Komparse in »La Bohème« mitgewirkt. Von »Madame Butterfly« kennt er nur die Arie der Cio Cio San, die alle kennen. Wieder hört er sich, die Partitur in der Hand, wochenlang in die Musik ein. Am Ende singt er alle Arien auswendig mit. Er orientiert sich an Puccinis erster Fassung, die bei der Premiere 1901 wegen ihrer antiamerikanischen Haltung ausgepfiffen wurde. Die große Arie, die Puccini daraufhin als eine Art Wiedergutmachung für den Betrüger Pinkerton geschrieben hatte, streicht der Engländer. Bei ihm steht die verlassene Frau im Mittelpunkt. Pinkerton hat nicht mehr viel zu sagen. Die Kritik ist begeistert und charakterisiert diese Version der Oper als moderne Erzählung.

Es ist das Jahr 1985. In den folgenden Jahren sehe ich ihn meistens beim Applaus vorne an der Rampe und danach, bei der Premierenfeier, von einem zum anderen eilen. Er trägt jetzt ein gutsitzendes italienisches Jackett. T&N, Degussa, das Leben in besetzten Häusern, die »Islington Gutter Press« und die Defence Group für die Angry Brigade kommen in seiner Biografie nicht mehr vor. Kein Hinweis auf seine Herkunft aus der englischen Arbeiterklasse. Die Umwege durch Fabriken und Gegengesellschaften sind gestrichen. Sein Lebenslauf ist von Widersprüchen gereinigt, verkürzt und auf

Karriere zugeschnitten: Eliteschule, erste Inszenierungen bereits während des Studiums, Teatro Siciliano und dann die großen Bühnen. Übriggeblieben ist Tottenham. Aus der Ferne betrachtet verwandeln sich die Spieler von der White Hart Lane zu Boten eines mythischen Ortes. Wenn er sich samstags, vor Beginn einer Premiere, in Wien, Salamanca, Basel oder Bregenz allein ins Auto setzt und die BBC einschaltet, folgt er seinen Schicksalsgestalten, die jetzt Chris Waddle, Paul Gascoigne und Clive Allen heißen. Verlieren die Spurs, betritt er das Theater mit Herzklopfen. Gewinnen sie, ist er sich sicher, dass auch er gewinnt.

Die fünf Italiener treten manchmal noch mit »Ende gut, alles gut« auf, bis die Gruppe zerfällt. Einer von ihnen, Mario, betreibt inzwischen ein Restaurant mit süditalienischer Küche, in dem die ehemaligen Fußballer aus dem Ostpark, heute Minister und Europaabgeordnete, sich zuweilen einen Tisch reservieren lassen. Wenn ihm der Sinn danach steht, holt er zwischen den Gängen des Menüs sein altes Kostüm hervor. Wie der letzte Überlebende einer längst entschwundenen Zeit taucht er mit geschminktem Gesicht und Hakennase, der Kappe mit den Kochlöffeln und den Schuhen aus Stroh an den weiß gedeckten Tischen auf. Das große Buch in der Hand, murmelt er etwas vor sich hin, worüber die Gäste, deren Gesichter man aus der Zeitung oder der Abendschau kennt, anfangs lachen und dann rätseln, wie über alte Weisheiten, die niemand versteht.

22

Der Engländer hat Frankfurt verlassen und ist nach Stuttgart gezogen. In einer kleinen Neubauwohnung richtet er sich ein. Wenn er jetzt die Tottenham-Spiele verfolgt, sitzt er im Lounge Chair von Ray und Charles Eames vor dem Fernseher. Aber er schafft die Möbel nur an. Zu Hause ist er nicht. Die Einsamkeit bleibt, auch wenn er ständig unter Menschen ist und sich mit vielen Frauen einlässt. Vielleicht ist das Unheimliche in Deutschland noch immer gegenwärtig, selbst wenn er mit seiner Arbeit auf eine Weise Fuß gefasst hat, wie es ihm in seinem eigenen Land nie gelingen sollte. Seinen Namen hat er sich in Deutschland gemacht. Von dort aus arbeitet er in der ganzen Welt, aber niemals in London, der Stadt, in der er zu Hause ist.

In der Zeit, in der er sich mit der Oper »The English Cat« von Hans Werner Henze beschäftigt, die auch in Berlin aufgeführt wird, beginnt er zum ersten Mal, von seiner Sehnsucht nach einer eigenen Familie zu sprechen. In einem Café verliebt er sich in eine junge polnische Künstlerin und heiratet sie. Wenn er jetzt mit seiner Frau nach Krakau zu seinen Schwiegereltern fährt, trifft er auf Menschen aus einer anderen Zeit und einer Gesellschaftsschicht, in der man immer noch perfekt Französisch spricht. Das verfallene jüdische Viertel der Stadt durchstreift er wie eine Vergangenheit, die er nicht kennt. In Auschwitz schafft er es nicht, unter dem Schriftzug »Arbeit macht frei« hindurchzugehen. Dem einstigen Elektrozaun folgend, an dem noch die verrosteten

Warnschilder vor tödlichen Stromschlägen hängen, läuft er um das ganze Lager herum.

Für seine Familie kauft er ein Haus mit Blick auf den Rhein. Lautlos ziehen Lastkähne auf dem breiten Fluss vorbei. Der erste Sohn kommt auf die Welt. »Jetzt habe ich eine Familie!«, ruft er mitten in der Nacht durchs Telefon, mit einer Stimme, die sich überschlägt. Er denkt, dass jetzt alles anders wird. Als ein zweiter Sohn auf die Welt kommt, hat das Paar sich bereits auseinandergelebt und versucht, mit getrennten Etagen im gleichen Haus eine Familie aufrechtzuerhalten. Als auch das misslingt, zieht der Engländer aus. Er lehrt jetzt an einer Hochschule in Essen. Um seinen Kindern nahe zu bleiben, wandert er durch stets andere und doch immer ähnliche winzige Neubauwohnungen am rechten Rheinufer und verbringt täglich mehrere Stunden auf der Autobahn. Zu Hause ist er nirgends. Er findet sich wieder dort, wo er schon einmal gewesen war. Wieder hat er zerstört, was er liebte.

23

Zuerst stirbt seine Mutter. Sein Vater versucht eine Weile, allein zu leben. Bald aber kann er sich nur noch mit allergrößter Anstrengung aufrichten und bewegt sich mit letzter Kraft, auf zwei Stöcke gestützt, durch die beiden Zimmer von Boyle House. Dann zieht er in ein Altersheim. Als der Engländer mit ihm bei Marks & Spencer einen neuen Trenchcoat kauft, sieht er, wie sich der alte Mann im Spiegel betrachtet und der Mantel vorne mit der Knopfleiste nahezu den Boden berührt.

Bevor auch der Vater stirbt, kann er ihm bei seinem letzten Besuch noch sagen, was er, der alte gebeugte Mann, ihm bedeutet, dass er immer sein Vorbild war und bleiben wird. Fassungslos über diese Wahrheit, die er nicht in Einklang bringen kann mit seinem eigenen kärglichen Leben und dem des erfolgreichen Sohns, findet der Vater auch am Ende keine Worte, um jenes Schweigen zu brechen, das den Zugang zu seiner Vergangenheit verwehrt. Den Mantel und die beiden Stöcke, die den Vater einmal nach Deutschland, in eine Operninszenierung seines Sohnes getragen haben und dann nur noch durch die ihm verbliebenen Tage, nimmt der Engländer als Einziges aus der unscheinbaren Existenz dieses Menschen an sich.

Von der Heimleitung erfährt er, dass die alte Frau, mit der sein Vater am Ende seines Lebens im Altersheim nachmittags beim Tee zusammensaß, eine Cousine von ihm gewesen sein soll. Er erfährt auch, dass ein weiterer Verwandter aufgetaucht ist und dass er und sein Vater sich weinend in den Armen lagen. Als er aber in der Fotokiste aus der Wohnung seiner Eltern nach den beiden Unbekannten sucht, entdeckt er niemanden, den er nicht schon kennt. Er findet nur das, was schon immer auf dem Tisch im Wohnzimmer ausgebreitet wurde, wenn es darum ging, mit Bildern aus der Familiengeschichte seiner Mutter davon abzulenken, dass es die des Vaters gar nicht gibt.

24

Etwas hat sich verändert. Es ist spürbar in seiner Arbeit. Von der kleinen, selbst gebauten Bühne in Frankfurt war es steil nach oben an die renommierten Spielstätten gegangen. Jetzt aber ist er Lehrer. Mit den Studenten begibt er sich in seine Anfänge zurück und sieht die jungen Menschen, mit denen er jetzt zu tun hat, so wie er damals die Italiener an der Ecke, in der Krifteler Straße im Gallusviertel gesehen hat. Er versucht zu erkennen, welches Potenzial in ihren Körpern steckt, und lässt sich davon leiten. Die Proben beginnen mit Laufen. Nackte Füße gehen auf dem Boden, manche in eine Richtung, andere quer durch die Menge. Die Körper stoßen nicht aneinander, bewegen sich jeder auf seine Weise anders und bilden doch ein Ganzes. Langsam gehen sie nieder. Geräuschlos wie Schlangen kriechen sie über den Boden, drehend bewegen sie sich vorwärts. Wie ein Trainer steigt der Engländer lautlos über sie, flüstert jedem Einzelnen seine Rolle im Stück, seinen Part im Spiel zu. Nicht Kunstfertigkeit, nicht Technik ist sein Ziel, sondern die Erfahrung des eigenen Körpers auf dem Boden, auf der Erde und damit in der Welt. Mit dem Körper denken, sagt er.

Er, der sein Leben lang mit Sprache und Worten gespielt und sie eingesetzt hat, um zu gewinnen, sagt sich als Lehrer von der Vorherrschaft der Worte los und verlegt die verbalen Gefechte von Shakespeares »Der Widerspenstigen Zähmung« auf eine körperliche Ebene. Die Auseinandersetzungen zwischen Katharina und ihrem Ehemann, der sie zur fügsamen Ehefrau machen will, werden in der Form eines choreografisch genau geplanten, artistischen Nahkampfs der Geschlechter ausgetragen. In einem gewalttätigen Tanz fliegen Körper durch die Luft, werden in eine Ecke geschleudert, raffen sich wieder auf. Eine Kunstform der Unterwerfung, bei der es am Ende keinen Sieger gibt.

25

Dem offiziellen Theater kehrt er den Rücken. Was er jetzt auf die Bühne bringt, entsteht durch Begegnungen, durch Bücher, die er liest, durch Vorlieben oder durch den Zufall. Er wendet sich Projekten zu, die er in Zusammenarbeit mit Schauspielschulen aus anderen Ländern verwirklicht, und ist ständig unterwegs, um Fäden zu knüpfen. Von Brasilien bis Usbekistan.

Mit seinen Inszenierungen erkundet er die Welt. Die Hälfte der Arbeiten beschäftigen sich mit Shakespeare. Mit Shakespeare und Fußball kommt er überall an, auch in der größten Fremde. Über Shakespeare gibt es für ihn niemanden mehr. Das Wort für die höchste Wertschätzung des Dichters findet er bei seinen wahren Helden, auf dem Fußballplatz. Shakespeare, sagt er, sei der Weltmeister, wenn es um die Offenbarung der menschlichen Seele gehe. Keiner habe die Möglichkeiten, die Fragilität und die Widersprüchlichkeiten des Menschseins so erforscht wie er. Seine Sprache sei ein »never ending wonder«. Jedes Mal tue sich eine Schatztruhe auf, wenn er sich mit einem Stück beschäftige, und er stehe staunend davor.

Mit Studenten der Schauspielschule von Taschkent bearbeitet er »As You Like It«, eine Komödie, in der jeder gegen jeden kämpft und immer die Falschen miteinander verheiratet werden sollen. Das Stück spielt im Wald von Ardenne, in den die Protagonisten aus Sehnsucht nach dem einfachen Leben geflohen sind. Auf der Bühne keine künstlichen Bäume, nichts, was einen Wald vortäuschen soll, sondern das, was ein Wald hergibt. Sieben Tonnen Laub. Im Laub künstliche Rehe und Schafe. Die Zuschauer tragen Masken als Atemschutz. In den Bergen aus Laub nur Männer, auch in den Frauenrollen, wie ursprünglich bei Shakespeare. Wie Kinder springen die Schauspieler hinein, versinken gänzlich darin, wenn sie eigentlich von der Bühne abtreten sollen. Für den nächsten Auftritt tauchen sie wieder daraus auf und durchqueren das Laub schwebend, in riesigen Sprüngen.

Im Stadion, beim Spiel zwischen Paxtakor Taschkent und Dinamo Samarkand, sitzt der Engländer zwischen den muslimischen Anhängern beider Mannschaften, die auf ihren mitgebrachten Gebetsteppichen für den Sieg beten. Das Spiel aber, sagt er, endet unentschieden.

26

»Antonius und Cleopatra« ist seine letzte Inszenierung an der Hochschule in Essen. Mit einem einzigen Satz, sagt der Engländer, zeichne Shakespeare hier das Bild einer Frau, nicht das der Herrscherin. Nicht ihre Schönheit wird beschrieben, sondern Cleopatra in ihrer unendlichen Vielfalt, die weder durch Alter noch Gewohnheit auszudorren vermag: »Age cannot wither her, nor custom stale her infinite variety.« Danach hört er auf.

Warum es ihn mit fünfundsechzig Jahren in den Osten zieht, weiß er sich selbst nicht zu erklären. Er nimmt eine Stelle an der Schauspielschule von Bytom an, mit dem Schwerpunkt Tanz. Von Köln aus, wo er jetzt in einem Arbeiterviertel hinter dem Gefängnis Ossendorf wohnt, sind es tausend Kilometer.

Die Parterrewohnung mit einem winzigen Stück Wiese hat er seines Hundes wegen gemietet, ein schwarz-weißer Staffordshire Terrier, das letzte Statussymbol der englischen Arbeiterklasse. »I am sitting lakeside«, sagt der Engländer, wenn er an dem Tümpel in der Wiese den Goldfischen zu folgen versucht, die aus dem Schlamm auftauchen und wieder verschwinden. Ab und zu wirft er einen Ball über das trübe Wasser, dem der Staffordshire Terrier hinterherrennt. Wegen des Hundes fährt er mit dem Auto an die Schauspielschule in Polen. Immer wieder legt er eine Pause ein, damit das Tier laufen kann. Berlin liegt auf halber Strecke.

Erschöpft kommt er die Treppe zu meiner Wohnung hoch. In der einen Hand Laptop und Hundefutter, in der anderen eine Hundedecke. Er spricht leise mit dem Tier. My Love, my Darling. Es spitzt die Ohren, senkt sie wieder und legt sich auf die Decke.

Der Anruf, sagt er, sei am Nachmittag gekommen. Wenn er später über den Tag nachdenkt, fällt ihm auf, dass er ausgerechnet an diesem Morgen, als er sich mit dem Hund zu einem Spaziergang aufmachte, nach dem Trenchcoat seines Vaters griff, den er bis zu diesem Tag noch nie getragen hatte. Als das Telefon klingelte und er die unbekannte Nummer aus England auf dem Display sah, habe er es zunächst für eine der lästigen Meinungsumfragen oder einen Werbeanruf gehalten und einen Augenblick gezögert, den Anruf anzunehmen. Noch während er durch das Zimmer zum Telefon ging, sagt er, habe er sich wie in einem Raum gefühlt, der sein Leben lang leer gewesen sei.

Dann nimmt er den Hörer ab und hört die Stimme einer Frau. Sie habe lange nach ihm gesucht, sagt sie. Sie sei seine Cousine und er sei das Missing Link im Familienstammbaum, der einzige noch lebende direkte Nachkomme von Jacob, »your grandfather«. Bei dem Wort »grandfather« habe sich dieser Raum um ihn plötzlich gefüllt. Reihenweise, sagt er, hätten sich jetzt Gestalten hineingedrängt. Großonkel, Großtanten, ein Name nach dem anderen. Dann die nächste Generation. Wieder unzählige Onkel und Tanten. Es seien immer mehr geworden. Eben noch war da niemand, und jetzt plötzlich dieser Ansturm. Noch habe er es nicht geglaubt. Dann aber habe die Unbekannte von »Joseph« geredet, seinem Vater. »Ginger Joe«, wegen seiner roten Haare.

Sein Leben, sagt er, sei auf dem Gefühl gegründet gewesen, nicht dazuzugehören. Er hatte sich eingerichtet in der Fremdheit. Und doch habe er immer auf einen solchen Augenblick gewartet, wie auf eine Erlösung. Einen Augenblick, der alles verändern würde. So wie damals, in der Nacht, als sein erster Sohn geboren wurde.

Am nächsten Morgen fährt er weiter. Über Schönefeld, durch den Spreewald, an Cottbus vorbei, über die Neiße, vorbei an Liegnitz, Breslau, Oppeln, Gleiwitz. Er hat begonnen, Polnisch zu lernen, und sagt Nysa, Legnica, Wrocław, Opole, Gliwice. Die Oder überquert er kurz vor Zabrze, wo Tottenham 1961 gegen Gornik Zabrze 4:2 verloren hat. Da war er dreizehn, mit gegelter Schmachtlocke vor dem Fernseher in Kingsbury. Beim Rückspiel mit seinem Vater in der White Hart Lane dann der Sieg für Tottenham, 8:1.

Er biegt ab nach Bytom, in eine vom Steinkohlenbergbau unterhöhlte Stadt, mit alten, verfallenen, schief stehenden Jugendstilhäusern, unter denen die Erde absackt. Jeder dritte Bewohner ist arbeitslos. Wieder mietet er eine winzige Wohnung, in der er nicht wohnt, nur schläft. Hier würde er gern am Sabbat in die Synagoge gehen. Aber es gibt keine Synagoge mehr. Die Deutschen haben die jüdische Gemeinde von Bytom vollständig ausgelöscht.

27

Die neue Familie stellt er sich vor wie die alte. Kleine Mietwohnung, Central Parade in Kingsbury oder Boyle House in Wembley, gefilte Fisch am Feiertag auf gehäkelter Tischdecke. Er zieht sein italienisches Jackett an, das er schon lange nicht mehr getragen hat. Er ist einer, der es zu etwas gebracht hat. Als Einziger aus der Verwandtschaft, denkt er.

Er nimmt den Weg über die Waterloo Bridge, durch die City, und kommt durch Gegenden, die vor vier Jahrzehnten eine Rolle gespielt haben in seinem und in meinem Leben. Islington, Holloway Road, Gefängnisse, vor denen wir demonstriert haben, Abbruchhäuser, in denen unsere Liebe begann. Über manche der großen Straßen von West nach Ost, die er jetzt in Richtung Norden überquert, ist er mit seinem Vater gefahren, im blauen Lieferwagen vorne neben ihm, von Kingsbury aus quer durch bis zum Tottenham-Stadion, Stationen einer Vergangenheit, in der er keine Vorstellung davon hatte, dass er eines Tages tiefer in seine Geschichte vordringen würde.

In Finchley hat er ein Hotel gebucht. Er kommt durch eine stille Straße bis zu einer Backsteinvilla. Als er vor dem Haus Jaguars, Bentleys und Rovers stehen sieht, wird er stutzig. Bevor er klingelt, geht er die drei Stufen noch einmal zurück und versichert sich, dass die Adresse stimmt. Die Tür öffnet sich. Eine kleine Frau in seinem Alter begrüßt ihn – die Cousine. Bevor sie ihn zu den anderen führe, müsse sie ihm noch etwas sagen, und sie zieht ihn in einen Nebenraum im Eingangsflur.

An der Wand des kleinen Zimmers ist eine riesige Zeichnung des Stammbaums der Familie angebracht. Ganz oben die Namen Levy und Sarah, seine Urgroßeltern. Levy, sagt die Cousine, wurde in Piotrków Trybunalski geboren, eine polnische Stadt, die damals zu Russland gehörte. In London sei er Ende des 19. Jahrhunderts angekommen. Mit siebzehn habe er die vier Jahre ältere Sarah geheiratet. Jacob, der Großvater des Engländers, wird geboren. Es folgen sechs weitere Kinder. Kaum in London gelandet, sagt die Cousine, muss sich Urgroßvater Levy in den Handel mit Textilien gestürzt haben. In wenigen Jahren sei er ein reicher Mann geworden. Sein Name finde sich neben Rothschild auf einem Gedenkstein der Fieldgate Synagoge in Bethnal Green. Mit seinen Söhnen Jacob und Alfie habe er eine Textilfirma betrieben und Khaki-Uniformen hergestellt. Im Ersten Weltkrieg seien mehr als viertausend Einwanderer aus Osteuropa in seinen Nähereien beschäftigt gewesen. Die Firma habe über zehntausend Uniformen pro Woche produziert. Angesichts des drohenden Ruins nach dem Ende des Krieges habe Levy mit seinen beiden Söhnen beraten, was zu tun sei. Schließlich hätten sie sich für einen Versicherungsbetrug mit Brandstiftung entschieden, wofür die Cousine, sagt der Engländer, den Begriff »Jewish Lightning« gewählt habe.

Das sei 1924 gewesen. Vergessen hätten sie aber, eine große Summe Geldes, die sie der Versicherung als verbrannt gemeldet hatten, aus dem Safe zu nehmen. Die Polizei habe schließlich alles aufgedeckt, und wieder hätten sie beraten, was zu tun sei. Einer habe die Schuld auf sich nehmen müssen. Levy, der Patriarch, der als Familienoberhaupt von vornherein ausgeschieden sei, habe zwei Streichhölzer genommen, ein kurzes und ein langes, habe sie hinter dem Rücken hin und her gewendet und seinen Söhnen Jacob und Alfie mit geschlossenen Händen hingehalten. Jacob habe das kürzere gezogen. Eineinhalb Jahre Gefängnis mit »hard labour«, Zwangsarbeit, habe er nicht überlebt. Er sei neununddreißig Jahre alt geworden.

Wie betäubt sitzt der Engländer in dem Zimmer. Den sich endlos verzweigenden Linien an der Wand vermag er kaum zu folgen. Er sieht nur seinen Großvater, seine Großmutter und drei Kinder. Eines davon Joseph, sein Vater. Dazu seine Mutter. Ganz unten am Stammbaum seine Schwester und er, treibend im Nichts.

28

Auf einem Tisch sind Familienfotos ausgebreitet. Es dauert eine Weile, bis der Engländer in einer jungen Frau im Brautkleid seine Großmutter Leah ausmacht. Feine Gesichtszüge, anmutig. Erstaunt lächelt sie dem Fotografen zu, als hätte sie auf einem Stühlchen gerade noch Platz gefunden neben den breiten Knien des Patriarchen.

Eine moderne junge Frau, denkt er. Sie sitzt am Bildrand, während sich in ihrem Gesicht mit den leicht geöffneten Lippen ein Gedanke zu formen scheint oder eine Frage, als habe sie sich nur kurz beigesellt und werde gleich wie ein Vogel aufflattern und in den Lüften verschwinden. Die Braut strahlt eine Leichtigkeit aus, die sich von den Gestalten an ihrer Seite nicht erdrücken lässt. Es fällt dem Engländer schwer, in dieser neunzehnjährigen lässigen Schönheit, umhüllt von einem langen, weich fallenden Brautkleid, mit einer modischen, lockigen Frisur, seine Großmutter wiederzufinden, eine alte verhärmte Frau, schweigend neben ihrem Sohn, seinem Vater, als gäbe es nichts zu sagen.

Das sepiafarbene Hochzeitsbild seiner Großeltern trägt das Datum des 18. August 1909. Es ist dem Engländer so fremd, dass er es mit nichts in seinem Leben vergleichen kann. Ein Festsaal mit weiß gedeckten Tischen. Alle haben sich für dieses Foto aufgereiht. Aber nicht das Brautpaar sitzt in der Mitte, sondern die Eltern des Bräutigams, Levy und Sarah. Archaische Gesichter, wie von weit her, regungslos zwischen der kühlen, fragilen Eleganz von Champagnerkelchen und spitz gefalteten Servietten. Gedrungene Gestalten. Nichts an ihnen wirkt verbindlich, nichts gefällig. Sie stellen sich dar als das, was sie sind. Etwas, was sie auf ihrer Wanderung von Ost nach West mitgebracht haben müssen, was sie fest und unverrückbar an ihrem Platz hält.

Levy, der Patriarch, ist auf diesem Bild achtunddreißig Jahre alt. Er könnte auch sechzig sein. Massiger Körper im schwarzen Gehrock. Steifer hoher Kragen, Uhrkette, volles Gesicht, riesige Ohren, Bart. Verschlossen, düster, mächtig im Kreis der Familie. Neben ihm seine Frau Sarah. Das bestickte Seidenkleid über einen aus der Form geratenen Leib gezerrt. Perlenketten auf der Brust. Das Kinn vorgeschoben, angriffslustig, als ob ihr die Heirat des ältesten Sohns nicht passt. Das krause Haar ist zu zwei Hörnern gerollt. Eine glitzernde Spange über der breiten Stirn. Wie ein Joch. Rechts von ihr Sohn Jacob, der Großvater des Engländers und Bräutigam. Zweiundzwanzig Jahre alt, unbewegliche Züge, trotziger Blick. Kleiner als der Vater, eingezwängt in einen Festtagsanzug. Alle sitzen breitbeinig auf den Stühlen, große, dicke Hände auf den Knien. Die des Patriarchen mit Ringen übersät, bis hin zum kleinen Finger. An der Hand seines Sohnes Jacob nur ein einziger, der Ehering.

Die jüngsten Kinder hocken vorne auf dem Boden. Die Älteren stehen im Hintergrund. Zwei Schwestern und Alfie, der zweitälteste Sohn, neunzehn Jahre alt, elegant, ein modischer Dandy mit Mittelscheitel. Den Kopf leicht geneigt, lächelt er über seine rückständigen Eltern und seinen Bruder, den Bräutigam, hinweg. Alfie, der Spieler, sagt die Cousine. In den 1920er-Jahren soll er die Spielbank in Knokke gesprengt haben. Und bei einem Pferderennen habe er auf ein Tier gesetzt, das zunächst als zweites durchs Ziel gelaufen sei, dann aber wegen eines angeblichen Formfehlers doch noch Sieger wird. Für die sechstausend Pfund, die Alfie bei diesem Rennen gewinnt, kauft er eine alte, feudale Stadtvilla aus dem Besitz eines Tyssen-Amherst, Baron von Hackney, mit achttausend Quadratmeter Grund, Ställen und Weinkellern in der Cazenove Road in Stamford Hill. Die Villa lässt er abreißen und beauftragt einen belgischen Architekten mit dem Entwurf einer riesigen Wohnanlage, Cedra Court, des späteren Wohnsitzes der Familie.

29

Bis zu seiner Verhaftung habe Jacob, der Großvater des Engländers, mit seiner Frau Leah und drei Kindern in einem Haus in Redmans Road gewohnt, nahe der Fieldgate-Synagoge, in der Levy »acting president« ist, sagt die Cousine. Ein Haus mit acht Zimmern, in dem der Vater des Engländers und seine beiden Schwestern zur Welt kommen und einen großen Teil ihrer Kindheit verbringen. Aber es gibt niemanden mehr, der erzählen könnte, wie sie dort gelebt haben. Der, der es hätte tun können, hat es nicht getan.

Heute existiert das Haus nicht mehr. Wo es einmal stand, findet sich nichts als ein großes Eckgrundstück voller Gestrüpp und einzelnen hohen Bäumen. Nur ein paar Teile feinen Porzellans sind erhalten geblieben. Sie haben Jacobs Frau Leah durch alle ihre späteren Wohnungen begleitet, und der Engländer erinnert sich an den zartblauen Schriftzug »countess« auf der Rückseite der Teller, wenn er bei seinen seltenen Besuchen im Wohnzimmer der Großmutter am Tisch saß.

Als ihr Mann Jacob 1924 verurteilt wird, wohnt Leah bereits in Farleigh Road, Ecke Stoke Newington Highstreet. Als er im Gefängnis stirbt, ist sein Sohn Joseph, genannt Ginger Joe, der Vater des Engländers, zwölf Jahre alt. Der Junge verlässt die Schule und geht von da an im Morgengrauen zur Arbeit. Die Erinnerung an diese Jahre und alles, was danach kommt, hat er für immer in sich begraben. Seine Mutter

Leah bleibt in Farleigh Road, bis das Haus im Zweiten Weltkrieg von deutschen Bomben zerstört wird. Dann zieht sie zu ihrer älteren, schwangeren Tochter und deren Ehemann, im äußersten Norden von London. Bereits in den Wehen, irrt die Tochter 1942, als wegen der deutschen Angriffe kein Krankenwagen kommt, mit einem Taxifahrer, der sich nicht auskennt, durch verstopfte Straßen und verblutet mit ihrem ungeborenen Kind auf dem Rücksitz.

Zum letzten Mal, sagt der Engländer, habe er seine Großmutter auf seiner Bar-Mizwa gesehen. Es waren die Schmerzen ihres Lebens, wie ihm erst jetzt klar wird, die ihr einstmals schönes Gesicht Jahr für Jahr hatten härter werden lassen, wenn sie an Feiertagen mit verbittertem, fest verschlossenen Mund in Kingsbury erschien.

30

Die Cousine hat ihn in dem kleinen Zimmer neben der Eingangstür allein gelassen. Sie fürchtet, dass er wieder verschwindet, weil er mit dieser Familie nichts zu tun haben will. Aber er bleibt, öffnet die Tür zu einem riesigen Salon voll von Menschen, die ihn mit Applaus begrüßen, ihn, der noch gefehlt habe. Er wird von einem zum anderen geführt, hört Namen, die er sich nicht merken kann, schaut in Gesichter, die sogleich von einem neuen verdrängt werden. Vorgestellt als Enkel von Jacob und Sohn von Joseph, genannt Ginger Joe, von denen kaum einer der Anwesenden je gehört hat. Für die Feier seiner Heimholung in die unbekannte Familie hat die Cousine eine Überraschung vorgesehen: die Verlesung von Levys Testament, ein mehr als siebzig Jahre altes Vermächtnis, das im Nachlass eines Familienangehörigen aufgetaucht war.

Das Testament des Patriarchen ist auf den 15. November 1939 datiert. Die Unterschrift ist zittrig. Drei Tage später ist er tot. Das mit Schreibmaschine geschriebene Dokument bildet das materielle Fundament sämtlicher neugefundener Verwandten, die in dem riesigen Raum versammelt sind. Es führt ihnen vor Augen, wem sie den Wohlstand verdanken, der sie umgibt. Die Häuser, die Jaguars, die Rovers und die Bentleys vor der Tür. Der letzte Wille des Patriarchen schließt alle ein, außer einen, den Engländer, seinen Urenkel, der am Abend des Jahres 2012 in einer Villa in London an einem Sideboard lehnt, während die Liegenschaften seiner Familie an ihm vorbeirauschen, Grundbesitz, Freehold über das gesamte East End verteilt. Am Anfang versucht er mitzuzählen, hat aber bald die Übersicht verloren bei all den aufgelisteten Häusern in Straßen, die für ihn vor Jahrzehnten zum Alltag gehörten, bei seinen Wegen durch Hackney, Islington, Holloway, Stoke Newington und Stamford Hill. Viertel voller Abrisshäuser, besetzt von protestierenden jungen Menschen wie ihm. In die Hände von Spekulanten gefallen, wie sein Urgroßvater einer war. Jetzt hört er, wie ein Haus nach dem anderen aus dem Besitz des Patriarchen dessen Nachkommen als Erbe zugesprochen wird. Nachkommen, deren Namen er sofort wieder vergisst, weil er nur auf den einen wartet, der seiner Anwesenheit Sinn und Bedeutung geben könnte – den Namen seines Vaters, der nicht fällt.

Während der Engländer begreift, was er hört, fragt er sich, warum ausgerechnet an diesem Abend, der gedacht war, ihn aufzunehmen in die Verwandtschaft, die Verlesung eines Dokuments geplant ist, das ihn im nächsten Augenblick wieder herauswirft. Zuerst will er es nicht wahrhaben, dann aber trifft ihn die Erkenntnis wie ein Schlag: Weder sein Großvater Jacob noch sein Vater Joseph haben für den Patriarchen Levy und für alle, die nach ihm kamen, jemals existiert. Wären sie, wegen Jacobs schmählichen Endes in einer Gefängniszelle, enterbt worden, hätte dies bedeutet, dass sie einmal zur Familie gehörten. In Levys Testament aber hat es einen erstgeborenen Sohn und dessen Nachfahren nie gegeben, obwohl ihre Namen auf dem Stammbaum an der Wand für jeden deutlich zu lesen sind. Und unversehens steigt der Verdacht im Engländer auf, vielleicht doch in das falsche Haus und in die falsche Familie geraten zu sein, die zufällig den gleichen Namen trägt.

Zur gleichen Zeit, als der alte reiche Mann in Cedra Court an die zwanzig Häuser und ein Vermögen an Kinder und Enkelkinder verteilt, wohnt der Vater des Engländers und seine Frau Norah auf engstem Raum in High Hill Ferry. Mit in der winzigen Wohnung Großmutter Bella und ein arbeitsloser Bruder von Norah. Alle vier leben von dem, was der Vater als Lagerarbeiter und seine Frau als Verkäuferin verdienen. Vielleicht sind es fünfzehn Minuten Fußweg zwischen High Hill Ferry und Cedra Court, dessen Grundriss mit einer kleinen Zeichnung in der Form eines U im Stadtplan von London am Ende der Cazenove Road markiert ist.

Hätten Levy und seine Erben an Jacobs Familie etwas gutmachen wollen, hätten sie von Cedra Court aus nur die Upper Clapton Road überqueren müssen, dann ein kleines Stück Springfield Gardens entlang bis zu Ferry House, einem grauen Wohnblock am River Lea. Aber sie haben es nicht getan.

31

War es das, fragt er sich nachts im Hotel, was sein Vater nicht über die Lippen brachte? Dass seine Herkunft auf direktem Weg ins kriminelle Milieu des Londoner East End führte und sein Großvater dafür herhalten musste? Als Schatten hing es über dem kärglichen Alltag seiner Eltern, als Bitternis war es sichtbar im Gesicht von Leah, seiner Großmutter. Als eine Frage, auf die er keine Antwort bekam, hinterließ es Spuren in seinem Leben.

Wenn er das Foto betrachtet, das ihm seine Cousine auf sein Handy geschickt hat, scheint die neue Familie in Unschärfe getaucht. Eine Ansammlung von Gestalten mit verwischten Umrissen, die ein Ganzes bilden, aus dem er, am Sideboard lehnend, seiner Größe wegen herausragt. Führt er das Foto dicht an die Augen, verwandelt es sich in ein abstraktes Bild. Die einzelnen Personen werden zu Farbflecken. Ihre Gesichter sind nicht mehr auszumachen, während ihm seine Vorfahren auf dem sepiafarbenen Hochzeitsbild deutlich im Gedächtnis geblieben sind. Aber auch da, sagt er, keine Spur, die auf eine gemeinsame Herkunft weist. Niemand, bei dem er stutzt und denkt, der da hat etwas von mir, eine Geste, den Blick, die Kopfhaltung oder eine Besonderheit, die schon andere vor ihm hatten, etwas, was ihn als Verwandten auszeichnet.

Das Gefühl dazuzugehören, das ihn beim ersten Auftauchen der Familie überwältigt hat, ist der Erkenntnis gewichen, dass er die Liste der »siblings«, der Nachkommen, zwar vervollständigt und eine Lücke im Stammbaum gefüllt hat, aber niemals einen Platz darin einnehmen wird. Er kann nicht aufspringen wie auf einen fahrenden Zug und sich in einem Abteil niederlassen, in dem die anderen schon auf reservierten Plätzen sitzen. Gemeinsam aufzuwachsen schafft eine Vertrautheit, die nie vergeht. Sie lässt sich rückwirkend nicht aneignen.

Was ihn, den Engländer, umtreibt, treibt sonst niemanden um. Er aber will wissen, was sein Vater meinte mit dem einen Satz, den er über seine Familie gesagt hatte. »They did not look after me« – »Sie haben nicht nach mir geschaut« … Sechs Wörter, die schwer wiegen wie eine Schuld. Wörter, die einen Schmerz umschreiben, den der Vater des Engländers sein Leben lang für sich behielt.

Levys Testament hat Weichen gestellt – für Wohlstand oder Bedürftigkeit, für Zugehörigkeit oder Ausgeschlossensein. Der größte Teil der Verwandtschaft gehörte dem einen Leben an, die kleine Familie des Engländers war von dem anderen gezeichnet. Worin auch immer Jacob verwickelt war, er hat dafür mit dem Leben bezahlt. Sein Sohn Joseph hat seine Kindheit und Jugend hingegeben. Der Engländer hat die Last des Schweigens getragen. Manche in der neuen Verwandtschaft erinnern sich an Gerüchte, dass jemandes Mutter einen Jungen mit Namen Ginger Joe nicht besuchen durfte und dass die Großmutter eines anderen immer weinte, wenn der Name Jacob fiel. Die meisten der Nachgeborenen aber hielten Jacob für einen alleinstehenden Mann, »a single man«, ohne Frau und ohne Kinder. Der Engländer hatte sich das Familientreffen wie eine Heimkehr vorgestellt. Aber er ist nicht nach Hause gekommen. Er ist Mitglied eines Clans geworden.

Das Einzige, was ihn mit der neuen Verwandtschaft verbindet, ist die Treue zu Tottenham. Wenn er jetzt von den Spurs redet, sagt er »wir«, aber es ist nicht klar, ob er damit die neue Familie meint oder selber eins wird mit der Mannschaft. Als elf Schüler aus einer Grammar School im Norden von London vor über hundert Jahren unter einer Straßenlaterne Ecke Tottenham High Road und Park Lane den Entschluss fassten, ihren Cricketclub in einen Fußballverein zu verwandeln, schufen sie, eine Querstraße weiter, am Rand der kleinen White Hart Lane, den Urgrund eines Lebensgefühls, das für den Engländer Heimat bedeutet. Eine Zugehörigkeit, die alles übersteht, auch die größten Niederlagen. Die Schüler wählten ein lateinisches Motto, »audere est facere«, »wagen ist tun«, und beriefen sich, als vielleicht einziger Fußballverein der Welt, auf einen Dichter. William Shakespeare, Heinrich IV., 5. Akt, 4. Szene, Auftritt von Sir Harry Hotspur, einen sporentragenden Draufgänger: »Act first, think later.«

Ob bereits Urgroßvater Levy zu den Unterstützern der Spurs gehörte, ist nicht bekannt. Sein Enkel Joseph jedoch, genannt Ginger Joe, hatte im Jahr 1921 sein erstes Tottenham-Spiel gesehen. Als sechsjähriges Kind wird er nicht allein, sondern mit seinem Vater Jacob ins Stadion gegangen sein. Aber auch mehr als dreißig Jahre später, in Augenblicken größter Nähe, wenn der inzwischen erwachsene Joseph mit seinem kleinen Sohn, dem Engländer, im alten, blauen Austin-Lieferwagen mit den auf der Ladefläche herumrutschenden Kleiderbügeln quer durch London zur White Hart Lane fuhr, hatte Ginger Joe seinen Vater Jacob mit keinem einzigen Wort erwähnt.

32

Der jüdische Friedhof von Edmonton ist eine riesige Nekropole. Grabplatten wie schmale Reihenhäuser einer nordenglischen Industriestadt, aufgestellt zwischen betonierten Wegen. Eigentlich hatte er keine Chance, Jacobs Grab zu finden. Es gab niemanden, den er fragen könnte. So habe er sich durch die Totenstadt treiben lassen, sagt der Engländer, und auf irgendetwas gehofft, was ihn zu seinem Großvater führen könnte. Manchmal sei er auf seinen Familiennamen gestoßen, sogar mit dem richtigen Vornamen, aber die Geburts- und Sterbedaten passten nicht dazu.

Vielleicht hätte er die letzte Ruhestätte seines Großvaters nie gefunden, wenn ihm bei der Suche nicht etwas aufgefallen wäre: eine kleine Stele auf der Bodenplatte eines einzigen Grabes weit und breit. Sie habe ihn zu seinem Großvater geführt wie eine leise Botschaft. Anders als der große Stein mit der Inschrift »Hier liegt Jacob, Sohn des Levy«, ist die kleine Stele von schwärzlichem Moos überzogen. Als er das Moos abkratzt, kommen die Wörter »a token of love« zum Vorschein, ein Zeichen der Liebe für den Toten, nachträglich gesetzt von den Geschwistern, darunter auch Alfie, der Davongekommene, der das längere Streichholz gezogen hat. Aber niemand von ihnen hat dieses Bekenntnis für den im Gefängnis gestorbenen Bruder am Leben gehalten und den nächsten Generationen überliefert.

Wenn der Engländer versucht, sich den Moment vor Augen zu führen, der über das Schicksal dieses Menschen entschied, den Augenblick, als Jacob aus der großen schweren Hand seines Vaters, die sich öffnet, sein Urteil entgegennimmt, sieht er nur diese ungläubige, fast kindliche Verstocktheit auf dem Hochzeitsfoto. Er möchte seinem Großvater etwas sagen und findet keine Worte. Er weiß nicht, wie es ist, mit Toten zu sprechen, die Grenze zwischen Jenseits und Diesseits zu berühren. Er sucht nach einer Form, nach einem Ritual, und ein Satz aus dem ägyptischen Totenbuch kommt ihm in den Sinn, dessen Texte er vor Jahren mit der Musik eines zeitgenössischen Komponisten auf die Bühne gebracht hatte. Ein kurzer Satz nur, eine Zeile aus dem ersten Gesang, an den ermordeten Osiris gerichtet und sich ständig wiederholend. »Komm zu deinem Haus«, sagt Isis zu dem Toten, »komm zu deinem Haus!«

Und mit diesem Ruf hinüber zur anderen Seite gibt der Engländer dem Großvater einen Platz in seinem Leben. Dann spricht er zu dem jungen Mann auf dem Hochzeitsbild, spricht zu ihm über die, die nach ihm kamen in den bald hundert Jahren, die seit seinem Tod vergangen sind, er spricht zu ihm, der mit seinem schmerzlichen und schmählichen Ende Leid und Schande über seine Frau und seine Kinder brachte und das Schweigen über das Leben seiner Nachkommen.

33

Auf dem Rückweg biegt er bei Seven Sisters ab, fährt durch bis Holloway, Caledonian Road, zum Pentonville Prison. Wieder steht er vor der langen Backsteinmauer, wie vor vierzig Jahren. Aber diesmal protestiert er nicht wie damals mit rhythmischen Rufen »Free the Pentonville Five!« für die streikenden, militanten Docker. Es gibt nichts zu fordern, nichts zu rufen für seinen Großvater, der das falsche Streichholz gezogen hat, verurteilt, eine Schuld abzutragen, die nicht nur die seine gewesen war. Als Jacob hinter der langen Mauer in seiner Zelle im Sterben lag, muss die Familie von seinem Zustand gewusst haben. »We could not get him out ...«, sollen die Geschwister untereinander gesagt haben, »we were too late ...«

Wenn der Engländer versucht, sich seinen Großvater im Gefängnis vorzustellen, kommt ihm Oscar Wilde in die Quere. Mit seinen Studenten hatte er »De Profundis« in Szene gesetzt, die große Anklage des Dichters, geschrieben zwischen 1896 und 1897 im Zuchthaus von Reading. Zwei Jahre Gefängnis mit Zwangsarbeit, »h.l.«, »hard labour«, wegen »gross indecency«, »homosexueller Unzucht«. Jetzt haben die beiden verhängnisvollen Buchstaben Eingang in seine eigene Geschichte gefunden. Zwei Buchstaben, die für die systematische Zerstörung eines Lebens stehen. Redeverbot, schwarze Kapuze auf dem Weg zur Schwerstarbeit bis zum körperlichen Zusammenbruch im Tretrad, mit dem Mühlen angetrieben wurden. In der Zelle beim Zupfen von Werg aus alten Schiffstauen die größte Einsamkeit und Kälte. Oscar Wilde lebte noch drei Jahre, nachdem er aus dem Zuchthaus von Reading entlassen worden war, ein Jahr länger, als man es ihm vorausgesagt hatte. Auch wenn die Verhältnisse in den englischen Gefängnissen seit dem Tod des Dichters andere geworden waren, haben sie knapp dreißig Jahre später das Leben eines noch jungen, kräftigen Mannes zerstört. Den Schritt in die Freiheit hat der Großvater des Engländers nicht mehr geschafft. Er starb, einen Monat bevor er entlassen worden wäre.

Als Jacob in den letzten Januartagen des Jahres 1926 ins Bartholomew Hospital gebracht wird, ist er nicht mehr zu retten. Aufgebahrt liegt er in der jahrhundertealten Leichenhalle, wo Sherlock Holmes und Dr. Watson in späteren Filmen beim trüben Licht einer Hängelampe die Toten aus der Themse identifizieren. Nicht Leah, seine Frau, hat ihn dort abgeholt. Auf dem mit kleiner Handschrift ausgefüllten Totenschein ist ihr Bruder verzeichnet. Als Todesursache wird Urämie genannt. Die Beifügung »10 days« lässt darauf schließen, dass der Großvater des Engländers zehn Tage mit einer versagenden Niere in der Zelle lag, bevor er schließlich ins Krankenhaus kam. Es folgt der Name des Arztes, Douglas Hubble, mit den Buchstaben »m r c s«, Abkürzung für »member of the royal college of surgeons«, und »no p. m.«, »no post mortem«. Keine Obduktion, die eine letzte Klarheit über diesen Tod hätte bringen können.

Der Engländer vermag sich nicht vorzustellen, wie sein Großvater die Tiefe des Falls bewältigte, den Verlust der Freiheit und des wie auch immer erwirtschafteten Wohlstands, die Trennung von seiner Frau, von seinen Kindern, von seinem Leben. Nichts ist von ihm geblieben, nichts, was über die nackte Existenz hinausgeht. Der kleine gedrungene Mann mit dem unsicheren Blick hat stumm gelebt und ist stumm aus der Familie und aus der Welt verschwunden. Kein Brief von ihm, kein Brief an ihn, keine Aufzeichnung, keine Reue, keine Klage, kein Zeichen der Sehnsucht nach dem Leben draußen, keine Erinnerung von ihm und keine Erinnerung an ihn. Im Leben wie im Tod keine Spur. Nichts als ein einziges Foto und der Totenschein.

34

Cazenove Road zweigt von Stoke Newington High Street ab. Cedra Court liegt ganz am Ende der Straße. Lange bleibt der Engländer im Auto sitzen und erinnert sich an den Augenblick, als er und ich ahnungslos im Dezember 1972 vor dem riesigen Wohnblock aus Ziegelmauerwerk und Glas im Stil der 1930er-Jahre stehen geblieben waren. Lange Fensterreihen mit Stahlrahmen und mehreren Flügeln. Gestaltungselemente, die sich in Abständen wiederholen. Eine vorgegebene Ordnung. Geplant von einem belgischen Architekten, der die Tochter von Alfie heiratet, seinem Bauherrn. Mehr als ein halbes Jahrhundert später, als alte Frau, ist sie es, die mit ihrem Cousin Ginger Joe, dem Vater des Engländers, im Pflegeheim zusammentreffen und über alte Zeiten reden wird, ohne dass der Sohn irgendetwas davon erfährt.

Alfies Tochter ist die Einzige aus dem ganzen Clan, die etwas Schriftliches über die Familie hinterlassen hat. In einem Text von zehn Seiten, die dem Engländer als »Memoiren« übergeben worden waren, tauchen ihr Großvater, der Patriarch Levy, und ihr eigener Vater, der Spieler Alfie, einzig als erfolgreiche Unternehmer und Wohltäter der Jüdischen Gemeinde auf, die Suppenküchen für Einwanderer einrichten. Der kriminelle Bankrott verwandelt sich in »finanzielle Schwierigkeiten«. Über Jacob, ihren Onkel, der das Gefängnis nicht mehr lebend verlässt und den Familiensitz niemals sehen wird, kein Wort. Für den Patriarchen Levy ist Cedra

Court die letzte Station. Er hat sich, kurz nachdem der Bau fertig geworden war, zum Sterben dorthin zurückgezogen, dort, wo sich fast die ganze Familie um 1937 in verschiedenen Wohnungen zusammengefunden hatte. Auf dem letzten Foto, das es von ihm gibt, sieht man einen verstörten alten Mann mit irren Augen, die ins Leere gerichtet sind.

Als der Engländer vor dem Tor aus Eisenstäben steht, das die Anlage zur Straße hin abschließt, und fotografiert, nähert sich ein Chrysler Voyager. Ein Chassid mit Pelzhut steigt aus und fragt ihn, was er hier suche. Er mache ein Foto von dem Haus, sagt er, das einmal seiner Familie gehört habe. Jetzt gehöre es ihm, gibt der Chassid zurück und steigt wieder in seinen Wagen. Als der Chrysler nicht mehr zu sehen ist, geht er zu den beiden noch immer leuchtend rot gestrichenen Einfassungen der Eingangstüren. Vielleicht findet sich doch noch sein Nachname auf der Klingelleiste, wie ein übriggebliebener Hinweis, dass es auch Teil seiner eigenen Geschichte ist, die sich einmal hier abgespielt hat. Aber es gibt kein Schild mehr mit dem Namen der Familie, den sich sein Urgroßvater Levy bei der Einwanderung zugelegt hatte, als er Ende des 19. Jahrhunderts England erreichte, weil der Name, mit dem er Piotrków Trybunalski Richtung Westen verlassen hatte, den englischen Behörden zu lang und zu umständlich erschienen war.

Er lässt sein Auto stehen und schlägt den Weg ein, den keiner seiner Familie gegangen ist, nicht Levy, nicht dessen Frau Sarah und keiner ihrer Nachfahren. Niemand machte sich auf, um danach zu schauen, wie Jacobs Sohn Joseph und seine Frau Norah in ihrer ärmlichen Welt am River Lea zurechtkamen. Vielleicht ist Joseph auf dem Weg zur Stoke-Newington-Bahnstation, von wo er zu seiner Arbeitsstelle in Bethnal Green fuhr, an der Wohnanlage vorbeigegangen. Aber so wenig wie alles andere hat er auch Cedra Court nie erwähnt.

Der Engländer geht die paar Schritte bis ans Ende der Cazenove Road, dann nach links über die Upper Clapton, biegt nach zwei kleinen Querstraßen rechts in Springfield Gardens ein und stößt auf High Hill Ferry. Ferry House ist ein Wohnblock mit sechs Stockwerken und kleinen Fenstern. Ob sein Vater und seine Mutter von ihren Fenstern aus auf den Fluss schauen konnten, weiß er nicht zu sagen. Der River Lea ist schmal an dieser Stelle, eher ein Kanal mit einem Uferweg. Ein Pub – »Anchor and Hope«. Hausboote auf dem Wasser. In der Ferne Walthamstow Marshes, Brachland mit Strommasten, von zwei Bahnlinien durchkreuzt.

35

Levys Sohn Alfie ist noch am Leben, als sich die mittelständische Wohnanlage Cedra Court um 1960 zur gut getarnten Schleuse in Londons Unterwelt entwickelt. Alfie, der Spieler, der gewinnt und verliert und irgendwann endgültig nach Übersee verschwindet. Auf Fotos sieht man ihn einen eleganten, fremdländischen Boulevard entlangschlendern, eine kleine, runde Gestalt im Maßanzug mit Weste und Zigarettenspitze, den Hut locker in der Hand. Manche, hatte die Cousine gesagt, halten ihn für die Schlüsselfigur in der kriminellen Vergangenheit der Familie, wobei sie das Wort »villain«, Schurke, benutzte.

Vielleicht hat Alfies Tochter am längsten von allen Mitgliedern der Familie in Cedra Court gelebt, nur unterbrochen von Reisen, auf denen sie sich an der Reling eines Schiffs ablichten ließ oder im Reitkostüm an fernen Stränden, bei Gesellschaften in Spitzenkleidern mit aufgesteckter Frisur und Hüten, von denen künstliche Blumenbouquets schräg über die Stirn fallen. Sie lebt auch dann noch dort, als zwei ehemalige Boxer mit ihrer Mutter einziehen. Violet Lee Kray, Tochter eines Taschenspielers, verheiratet mit dem Kleiderhändler Charles Kray aus dem East End, der die meisten Jahre seines Lebens als Deserteur auf der Flucht vor dem National Service verbringt.

Der legendäre Ruf der Zwillinge Reggie und Ronnie Kray hatte das Leben des Engländers begleitet. Wie alle Jungen war er dem Mythos der Gangster verfallen. Er hatte die Krays in Boulevardblättern mit Frank Sinatra gesehen, mit Judy Garland, Diana Dors und Christine Keeler, die durch eine Affäre mit dem britischen Kriegsminister Profumo und einem gleichzeitigen Verhältnis mit einem sowjetischen Geheimdienstangehörigen den Minister und schließlich auch die Regierung von Harold Macmillan zu Fall bringt. Bald sind die Zwillinge prominenter als die Stars an ihrer Seite. Nichts jedoch in dem kleinen begrenzten Leben in Kingsbury über dem Bata-Schuh-Laden hatte jemals darauf hingedeutet, dass es einmal eine Familienadresse in Cazenove Road gab, von wo, Tür an Tür mit Levys Nachkommen, die Herrscher über Londons Unterwelt ihre Fäden in Regierungskreise hineinspannen, bis zu Lord Boothby, einem engen Freund von Winston Churchill.

Mit Schutzgelderpressungen zementieren die Zwillinge ihre Macht über die Nachtclubs im East End. Nach jedem Überfall, jeder Brandstiftung und nach jedem Mord taucht ihre Bande in der Presse auf. »The Firm« beschäftigt ein weitgespanntes Netz von kriminellen Mitarbeitern, zu denen auch der Vater des Schriftstellers John le Carré gehört haben soll. Dennoch schafft es die Polizei nicht, den Zwillingen ihre Taten nachzuweisen. Wer etwas weiß, hat Angst. Die Krays stiften Krankenhäuser, schlagen Zeugen zusammen, halten dem Gangsterrivalen George Cornell im »Blind Beggar« die Waffe an die Stirn, und während die Jukebox »The Sun Aint Gonna Shine Anymore« spielt, drückt einer von beiden ab. Danach gehen sie zu ihrer Mutter Violet in Cedra Court zum Essen.

Die Dreharbeiten zum Film »Legend« mit einem Budget von über 20 Millionen Pfund und Tom Hardy in beiden Rollen finden am Originalschauplatz statt. Im Kino sieht der Engländer den Wohnsitz seiner Familie zum ersten Mal von innen. Keine Luxusappartements. Alles ist praktisch und zweckmäßig. Eingebaute Schränke, um Platz zu sparen, Schiebetüren, die aus zwei kleinen Zimmern ein großes machen. Innentreppen in den nächsten Stock, ergonomisch durchdachte Küche. Am Tisch zwei Gangster und eine Frau, die ihre Söhne anbetet, die außerhalb ihrer Küche Betrüger, Schläger und Killer sind.

Als 1968 hinreichend Beweise beisammen sind, werden die Zwillinge verhaftet. Der Prozess im Gerichtssaal Nr. 1 des Old Bailey endet mit dreißig Jahren Gefängnis. Die Krays sterben im Abstand von fünf Jahren. Jedes Mal folgen Tausende einer schwarzen Kutsche. Hinter gläsernen Wänden prunkvolle Särge zweier Mörder unter einem Blumenmeer. Psychopathisch der eine, schlau und eiskalt der andere.

Alfies Tochter, die Tante des Engländers, hatte sich mit Violet angefreundet, deren Söhne sie nicht auseinanderhalten konnte. Als eines Tages ihr gesamter, wertvoller Schmuck verschwand, klagte sie ihrer Freundin bei der gemeinsamen Teestunde ihr Leid. Am nächsten Morgen, wird in der Familie erzählt, habe der Schmuck wieder am gewohnten Platz gelegen.

36

Die National Archives liegen im Südwesten von London, unweit der Kew Railway Bridge. Mit dem wenigen Wissen, das ihm zur Verfügung steht, hat sich der Engländer von Deutschland aus angemeldet: Name seines Großvaters, Geburts- und Sterbedatum, letzte Adresse, Zeitpunkt des Prozesses.

Auf langen Tischen bekommt er einen zehn Zentimeter dicken, in Leinen gebundenen großformatigen Folianten vorgelegt, in dem sämtliche in England gefällten Urteile zwischen 1922 und 1924 dokumentiert sind. Mit weißen Handschuhen blättert er sich durch Freisprüche, Schuldsprüche und Todesurteile, Strafen von wenigen Monaten bis lebenslänglich, mit und ohne Zwangsarbeit. Er blättert mit dem Blick des Fremden. Er schaut anders auf eine Vergangenheit, die er nicht mit seiner Familie teilt. Er sucht Antworten auf Fragen, die die anderen nie gestellt haben. Am Ende des Folianten angekommen, traut er seinen Augen nicht, als ihn ein Eintrag aus dem Jahr 1924 nach über vierzig Jahren noch einmal in den Gerichtssaal Nr. 1 des Old Bailey zurückversetzt.

Der Jury-Prozess findet unter dem Vorsitz des Richters Sir Henry Dickens statt. Aber nicht sein Großvater Jacob, wie es die Familiensaga will, ist der Hauptangeklagte in dem Verfahren, sondern sein Urgroßvater. Der Patriarch Levy, 56 Jahre alt, Textilkaufmann, steht vor Gericht wegen Betrugs. Aufgezählt werden Webereien, bei denen seine Firma Mengen von Stoffballen bereits mit der Absicht bestellt habe, die Rechnungen nicht zu bezahlen. Unter Vorspiegelung falscher Tatsachen habe der Angeklagte von der Firma Ralph Rivett Leinen bezogen, von Salts Textile Company Samt, von John Pattison & Company Baumwolle, von William Lupton & Company Kammgarn. Solomon Selka habe ihm Velours geliefert und Rose & Hubble Kunstseide, eine Firma, die noch immer die geblümten Stoffe herstellt, mit denen die englischen Landhäuser bis heute ausgestattet sind.

Es folgt eine zweite Anklage gegen Levy wegen Versicherungsbetrugs. Geschädigt ist die Liverpool & London & Globe Insurance Company. Die Schadenssumme beträgt 8287 Pfund. Wenn man berücksichtigt, dass sein Sohn Alfie etwa um diese Zeit das schlossähnliche Tyssen-Anwesen in Cazenove Road für sechstausend Pfund erwarb, auf dessen Grund später die großangelegte Wohnanlage Cedra Court entstand, wird das Ausmaß des Betrugs deutlich, der fünf Tage lang im Old Bailey verhandelt wird. Urteil der Jury: »schuldig«. Strafmaß des Richters: drei Jahre Zuchthaus für Levy.

Wie ein minder gewichtiges Anhängsel folgt in den Akten der Fall Jacob: 37 Jahre alt, gleicher Beruf, gleiche Anklage, gleiches Urteil der Jury: »schuldig«. Richter Dickens spricht eine mildere Strafe aus: fünfzehn Monate Gefängnis. Dahinter aber, in Klammern, die verhängnisvollen Buchstaben (»h. l.«), hard labour. Ein drittes Urteil folgt gegen Levys Schwiegersohn und späteren Testamentsvollstrecker, 34 Jahre alt. Urteil der Jury: »schuldig«. Strafe: sechs Monate Gefängnis. Dahinter in Klammern »without h. l.«, ohne Zwangsarbeit.

Fünf Jahre lang werden Levy, Jacob und dem Schwiegersohn alle geschäftlichen Tätigkeiten untersagt. Levy sitzt die Strafe auf der Isle of Wight im Parkhurst Prison ab, wo die Kray-Zwillinge mehr als vierzig Jahre später den Rest ihres Lebens verbringen werden. Ab 1929, zwei Jahre nach seiner Entlassung, darf er wieder Geschäfte machen. Wenn man von der Anzahl der Häuser ausgeht, die der Urgroßvater des Engländers 1939, drei Tage vor seinem Tod, zu vererben imstande war, könnte ihn die Weltwirtschaftskrise mit Immobilienspekulationen in kurzer Zeit wieder zu einem reichen Mann gemacht haben. Vielleicht aber war es ihm auch gelungen, aus der sichersten Strafanstalt Englands heraus seine Geschäfte mit Hilfe von Mittelsmännern weiterzuführen. Die Zeit auf der Gefängnisinsel kommt in der Familiensaga nicht vor. Auch nicht die sechs Monate seines Schwiegersohns, wo auch immer er sie abgesessen hat. Der Makel bleibt an Jacob, seinem Sohn, haften, und mit ihm an dessen Nachkommen.

37

Das Hochzeitsbild aus dem Jahr 1909 lässt den Engländer nicht los. Es ist das einzige Foto, das von seinem Großvater existiert. Immer wieder schaut er dieses eine Bild an und möchte seinem Großvater in die Augen sehen. Aber die Augen liegen so tief in dunklen Höhlen, dass nur die Schwärze darin sichtbar wird. Er möchte ihm die Hände reichen, aber die Hände ruhen zu Fäusten geballt auf den Knien. Er möchte ihn zum Sprechen bringen, aber der Mund seines Großvaters bleibt fest verschlossen. Nirgendwo eine Ähnlichkeit mit den feinen, lächelnden Gesichtszügen des Sohnes, der ihm bald geboren wird, nichts, was er an ihn, Ginger Joe, weitergegeben hat, außer dem Gefühl der Verlassenheit.

Der Engländer geht noch einmal ins Archiv. Er will wissen, was an den fünf Tagen im Gerichtssaal Nr. 1 geschah, am Montag, dem 8. Dezember 1924, am Dienstag, am Mittwoch, am Donnerstag. Was hat Jacob gesagt, gestanden oder abgestritten, was Levy, was dessen Schwiegersohn? Und was spielte sich in dem Augenblick ab, als die Jury am Freitag, dem 12. Dezember, mit dem »Unanimous Verdict«, dem einstimmigen Urteil, »schuldig« zurückkehrte? Wer, fragt er sich, war an diesem Tag auf der Zuschauertribüne? Wer hat gebangt oder gespottet, als in der Tiefe des Saals eine kriminelle Vereinigung jüdischer Einwanderer der ersten und zweiten Generation aufgedeckt und drei Familienmitglieder zur Verantwortung gezogen werden, von denen einer der Präsident einer Synagoge ist? Wo war Levys Frau Sarah? Wo waren Jacobs Geschwister, die ihm später den kleinen Gedenkstein auf das Grab setzten, und wo war Leah, seine Frau, als ihr Mann beschuldigt, befragt und verurteilt wurde? Gerichtsprotokolle, heißt es in der Auskunft der National Archives, bleiben für einhundert Jahre gesperrt. Hundert Jahre sind noch nicht um. Was es aber geben könnte, sind Presseberichte.

Aber auch in den Zeitungsartikeln findet der Engländer keine Schilderung der Atmosphäre im Gerichtssaal Nr. 1. Nichts über die Reaktionen der Geschädigten. Kein Hohngelächter, wie es auf Oscar Wilde von der Zuschauertribüne des Old Bailey niederging, keine Schmährufe, als sich die Angeklagten für »nicht schuldig« erklären, und keine Unterstützung durch Gleichgesinnte, wie damals bei den Stoke Newington Eight, den Freunden des Engländers. Man erfährt nicht, ob beim Urteil jemand in Tränen ausbricht oder ein Geschädigter jubelt. Überliefert ist einzig der Niedergang all dessen, was ein gegen Ende des vorigen Jahrhunderts in London eingewanderter, jüdischer Jugendlicher mit Namen Levy in wenigen Jahrzehnten erreicht hatte.

»Long Firm Frauds«, der Terminus der Anklage, so ist es in verschiedenen Prozessberichten zu lesen, hätten nach dem Ersten Weltkrieg epidemische Ausmaße angenommen und einen wirtschaftlichen Gesamtschaden von zwanzig Millionen Pfund angerichtet. Unter den geprellten Firmen sei Panik ausgebrochen. Sie seien kein spontaner, aus der Not geborener krimineller Überlebensversuch gewesen, sie hätten System gehabt. Sorgfältig geplant, erforderten sie Umsicht und ein Grundkapital, das es einzusetzen galt, um vor den Lieferanten, die man zu betrügen sich vorgenommen hatte, als kreditwürdig zu erscheinen. »Long Firm Frauds« verfügen über eine klare Strategie, ein Kalkül. Sie beginnen mit kleineren Bestellungen, die sofort bezahlt werden, um Vertrauen zu schaffen. Ist die Glaubwürdigkeit auf diese Weise gefestigt und der Kunde hat sich als seriös erwiesen, wird eine weit größere Bestellung, jetzt auf Kredit, in Aussicht gestellt. Die in gutem Glauben gelieferte Ware wird nicht bezahlt, sondern beiseitegeschafft oder sogleich unter der Hand verschoben und später der Versicherung als gestohlen gemeldet.

Das Oberhaupt der Bande, liest der Engländer an einer Stelle, sei noch auf freiem Fuß. Es habe sich ins Ausland abgesetzt. Ob es sich bei dieser Person um Alfie, den Spieler, handeln könnte, weiß niemand zu sagen. Er sei, laut Familiensaga, damals für eine Weile von der Bildfläche verschwunden. Von Südamerika war die Rede. So bleibt es ungewiss, ob er der Passagier gleichen Namens gewesen sein könnte, der 1928, kurz nach Levys Entlassung aus dem Parkhurst Prison, auf der Liste eines aus Panama einlaufenden Schiffs verzeichnet ist und in Southampton an Land geht.

38

Die Vorbereitungen für Levys Betrugsunternehmen ziehen sich über zwei Jahre hin. Anfang Juli 1922, als die Geschäfte gänzlich brachlagen, hatte seine Firma die Diebstahlversicherung für die Lagerhäuser von fünftausend auf fünfzehntausend Pfund erhöht. Danach wurde die Arbeit aufgeteilt. Levy der Stratege. Jacob für alle praktische Arbeit. Der Schwiegersohn für die Rolle des Handlungsreisenden, der als Vertreter zu den Webereien fuhr und die Bestellungen aufgab. Sobald die gelieferten Stoffballen beiseitegeschafft waren, meldete Levy den Bankrott des eigenen Unternehmens an und die geprellten Lieferanten konnten nichts mehr einfordern und nichts pfänden, weil es nichts mehr gab. Kein Geld und keine Ware, die längst wie vom Erdboden verschluckt war.

Vielleicht wäre Levy der geplante Coup gelungen, wenn nicht für den letzten praktischen Schritt sein Sohn Jacob vorgesehen gewesen wäre, dessen mangelnde kriminelle und handwerkliche Begabung schließlich das ganze Betrugsgebäude zum Einsturz brachte. Die Zeitungsartikel beschreiben diesen Versuch unter dem literarisch anmutenden Titel »A Story of a Bogus Burglary«, die Geschichte eines vorgetäuschten Einbruchs, der die Familienanekdote vom »Jewish Lightning«, einer kriminellen Brandstiftung, endgültig vom Tisch wischt.

Es ist Herbst, der 12. Oktober, die Zeit des Laubhüttenfests, des Sukkot, im Jahr 1924. Eigentlich das Fest der Ernte, des Einsammelns. Die Familie aber bringt keine Ernte ein. In den fünf Tagen des Laubhüttenfests geht Levy und seiner Familie alles verloren. Dem einzigen noch verbliebenen Angestellten, heißt es, sei bedeutet worden, dass die Firma während dieser fünf Tage schließen würde. Am letzten Feiertag bemerkt ein Polizist, der das Anwesen passiert, eine offene Tür, herumliegendes Einbruchswerkzeug, eine verwüstete Lagerhalle und einen aufgebrochenen Safe. Ihm fällt auf, dass an der Tür des Gebäudes keine Einbruchsspuren zu sehen sind. Die Diebe könnten sich ja, so der herbeigerufene Levy, über Nacht im Gebäude versteckt haben. Den Diebstahl seiner Ware im Wert von 8287 Pfund meldet er unverzüglich der Versicherung. Die betrogenen Unternehmen wird er vor Gericht mit den Worten abspeisen: »Wir hatten genauso viel Pech wie Sie, denn auch wir sind bestohlen worden«, wobei er das aus dem Jiddischen stammende Wort »swindled« benutzt, das hundert Jahre vor ihm in England aufgetaucht war und seitdem für zweifelhafte Geschäfte steht.

Die weiteren Untersuchungen ergeben, dass die Regale, in denen noch kurz zuvor Mengen von Stoffballen gelagert haben sollen, von einer dicken Staubschicht bedeckt sind. Auch finden Experten heraus, dass die Löcher im Safe, in dem sich 700 Pfund Bargeld befunden haben sollen, zuerst von innen und dann von außen gebohrt wurden, wobei die Bohrungen nicht aufeinandergestoßen seien. Möglicherweise, vermutet man, sollte in die Bohrlöcher Sprengstoff eingeführt werden, um den Safe auf diese Weise vollständig zu zerstören und mit ihm das angeblich dort gelagerte Geld.

»A remarkable burglary«, merkt der Richter im Old Bailey an, als er der Urteilsverkündung seine persönliche Einschätzung beifügt, der Angeklagte Jacob habe unter dem Einfluss seines Vaters gehandelt. Dass in Levys Strafe der Zusatz »hard labour« wegfalle, sei allein seinem Alter geschuldet. Niemals hätte der Angeklagte vorgehabt, die erhaltene Ware zu bezahlen. Seine Buchführung habe er mit vorgefertigten Dokumenten gefälscht, um auf diese Weise seine angeblichen Verluste von der Versicherung einzufordern. Für ihn gebe es vor Gericht »not one redeeming feature«, keinen einzigen mildernden Umstand. Nachsicht gewährt ihm nur die Familie, ein Leben lang.

39

Obwohl in keinem der Zeitungsartikel von einer Aussage der Angeklagten zu ihren Taten oder einem Geständnis die Rede ist, wird der Engländer das Gefühl nicht los, sein Großvater habe seinen eigenen Vater vor Gericht belastet. Vielleicht, denkt er, hat Jacob die Verpflichtung, mit dem kürzeren Streichholz die Schuld auf sich zu nehmen, um Levy als Familienoberhaupt aus allem rauszuhalten, nicht durchgestanden. Angesichts der drohenden Strafe könnte er die Fassung verloren und ein Geständnis abgelegt haben, was in einer kriminellen Vereinigung oder Bande einem Verrat gleichkommt.

Was 1924 im Old Bailey gegen die Vorfahren des Engländers verhandelt wurde, war nicht die einsame Tat eines in seiner Existenz bedrohten Textilhändlers. Es war Teil eines in riesigen Dimensionen organisierten Betrugs, der ohne Kontakte in die Unterwelt von Schwarzhandel und Bandenkriminalität nicht möglich gewesen wäre. Es war kein System, das man von heute auf morgen nutzen konnte. Es brauchte Hintermänner, Verbindungen, Erfahrungen und eine Vorgeschichte. Man musste sich ausgewiesen haben, um mitzumachen. Ganz gleich, ob Banden groß oder klein sind, ob sie Wettbüros bei Pferderennen kontrollieren, mit Waffen handeln oder mit Textilien, sie haben ihre Gesetze. Wer diese Gesetze verletzt, gehört nicht mehr dazu. Im besten Fall wird er ausgestoßen, im schlimmsten Fall verliert er sein Leben.

Auf Jacob traf beides zu. Er wurde ausgestoßen, niemand sorgte für seine Familie, und er verlor sein Leben. Er hatte etwas getan, was niemals vergeben werden konnte. Anders als mit Rache kann sich der Engländer das Verhalten des Patriarchen Levy, seines Urgroßvaters, nach dem Prozess nicht erklären. Sein Sohn Jacob und alle Nachkommen wurden ausradiert, bis ins nächste und übernächste Glied.

Beim Versuch, Klarheit zu gewinnen über die Ereignisse jener Jahre, kehrt der Engländer wieder und wieder zu dem sepiafarbenen Hochzeitsfoto zurück, dem ältesten und einzigen Abbild der Familie, aus der er stammt. Er folgt den Linien zwischen den Personen. Die Frauen im äußeren Kreis. Dekorativ angeordnet. Die Männer lassen sich durch ein Dreieck miteinander verbinden. An der Spitze des Dreiecks Alfie. Er steht oberhalb der Familie und außerhalb zugleich. Er macht seine eigenen Geschäfte. Zwischen ihm und seinem Vater Levy die kürzeste Entfernung. Zwischen den Brüdern Alfie und Jacob eine längere. Aber kein Abstand ist länger als der des Patriarchen zu seinem erstgeborenen Sohn.

40

Als er das Bild zum ersten Mal sah, hatte es ihn befremdet, dass sich die Eltern bei der Hochzeit des ältesten Sohns im Mittelpunkt befinden und nicht das Brautpaar. Aber er wusste es nicht zu deuten. Fotos wie dieses sind eine Inszenierung. Sie sind nicht gemacht, um einen Augenblick festzuhalten. Sie erfordern Perfektion. Vom Fotografen wie von den Abzubildenden. Wo dies nicht gelingt, schlägt die Wirklichkeit zu. Etwas scheint durch und wird sichtbar. Auf dem Hochzeitsfoto aus dem Jahr 1909 ist mehr zu sehen als eine für die Nachwelt gedachte Aufstellung einer Familie, die es zu etwas gebracht hat.

Der Engländer sieht es in Levys Gesicht. Und er sieht es in Jacobs Gesicht. Aber er kann nicht sagen, ob er das, was er jetzt sieht, auch beim ersten Blick hätte erkennen können. Wenn er das Wahrgenommene und das, was er inzwischen weiß, zusammenfügt, wird deutlich, dass der Fotograf bei Jacobs Gesicht an die Grenzen seiner Kunst geraten ist. Es ist ihm nicht gelungen, die Einfalt in dem Gesicht zu kaschieren, die Unsicherheit, den Mangel an Neugier, an Tatkraft, an Entschiedenheit und auch, wie die Geschichte zeigt, den Mangel an krimineller Energie. Jacob fehlt alles, was Levy und Alfie offensichtlich im Übermaß besitzen. Vielleicht, sagt der Engländer, hatte der Patriarch, als ihm das Wasser bis zum Hals stand, von vornherein im Sinn, Jacob das kürzere Streichholz ziehen zu lassen, zur Strafe. Sein Großvater hatte keine Wahl. Als alles aufflog, stand fest, dass er das Opfer sein würde. In Levys großen Händen gab es nur ein Los für seinen Sohn, und er musste als Erster ziehen, weil er der Älteste war.

Die Verachtung für den ältesten Sohn ist dem Patriarchen ins Gesicht geschrieben. Er ist ein Versager. Diese Verachtung wird auch dessen Nachkommen treffen, Ginger Joe, der es nie zu etwas gebracht hat, was Levy hätte anerkennen können. Das Wissen, dass sein ältester Sohn für seine Geschäfte nicht taugt, ist schon auf dem Hochzeitsfoto zu erkennen, fünfzehn Jahre bevor es auf ihn, den Patriarchen, zurückschlägt. Jacob hat seinen Vater Levy nicht verraten. Dazu wäre er gar nicht in der Lage gewesen. Er hat ihn zu Fall gebracht, durch Unfähigkeit.

Es könnte ein alter Knick sein oder ein nicht zu Ende geführter Riss, der sich durch den Abzug des sepiafarbenen Hochzeitsfotos zieht. Noch kaum erkennbar, fährt er wie ein Blitz vom Hintergrund des Festsaals durch ein Fenster, streift den Puffärmel eines weißen Kleides, trifft dann deutlich und etwas gezackt über die gedeckte Tafel mit Gläsern und Champagnerflaschen hinweg auf Jacobs Schulter und Arm und trennt ihn zwischen Daumen und Zeigefinger seiner rechten Hand vom Familienbild.

41

Im Frühjahr, als das Semester in Bytom beginnt, macht der Engländer wieder in Berlin Station. Den Hund an der Leine steigt er mit Laptop und Reistasche die Treppe hoch, die er schon so oft erschöpft von der langen Autofahrt hinaufgestiegen ist. Als das Spiel gegen Abend beginnt, sitzt er im blau-weißen Hemd vor dem Bildschirm. Neben ihm auf einer Decke der Hund. Nach vier Minuten ein Aufschrei. Ein Tor für Manchester City. Der Engländer glaubt an die Magie der Dinge und wechselt das Hemd. Er zieht das blau-weiße Trikot aus und das violette an. Nach sieben Spielminuten das erste Tor für Tottenham, nach zehn Minuten das zweite. Als eine Minute später wieder ein Tor für Manchester City fällt, läuft der Engländer schwer atmend durch die Wohnung. Das Tier geht hinter ihm her. Das violette Hemd hat er noch an, als in der einundzwanzigsten Spielminute ein drittes Tor für Manchester fällt. Kurz vor dem Zusammenbruch reißt er sich das violette Hemd vom Leib und zieht das grüne Trikot an, das gleiche, das die verzweifelten Spieler auf dem Platz tragen. Als sich mit dem grünen Hemd das Schicksal für Tottenham wendet, hat er keine Stimme mehr und fällt erschöpft in Schlaf. Spät in der Nacht gehe ich durch die Wohnung, um die Lichter zu löschen. Die Hundedecke liegt verlassen. Die Tür zum Gästezimmer steht offen. Im schwachen Licht, das die Straßenlampe auf das Bett wirft, sind zwei Köpfe auf den Kissen zu erkennen, der eine mit zwei schwarzen Ohren.

Eigentlich, sagt er am nächsten Morgen, habe er nach Łódź gewollt. Eine Tänzerin, mit der er an der Schule in Bytom zusammenarbeitet, lebt dort mit ihrem Mann. Piotrków Trybunalski liegt auf der Strecke. Er hatte sich nie klargemacht, wie nah er bereits dem Ort gekommen war, an dem die Geschichte seiner Familie beginnt. Bei Częstochowa fährt er von der Autobahn ab und kommt durch kleine Ortschaften. In der Hauptstraße von Kamiensk hängen Fotos vom Papst und von Jacek Krzynówek in den Schaufenstern, dem berühmten Sohn der Ortschaft, Mittelfeldspieler bei Bayer Leverkusen, der, wie es dem Engländer bei der Durchfahrt sofort vor Augen steht, im Sommer des Jahres 2004, während der Champions League, mit dem ersten Tor vor der Halbzeit Real Madrid samt seinen Stars Ronaldo und David Beckham in die Niederlage stürzt.

42

In Piotrków Trybunalski biegt er vom Kreisverkehr auf die Kopernika ab, die ihn direkt zum Marktplatz, dem Rynek, führt. Zwei Tage nach dem Einmarsch der Deutschen im September 1939 wird Piotrków bombardiert. Das Viertel hinter dem Rynek wird zum Ghetto erklärt. Fünfundzwanzigtausend Juden, die Hälfte der Bevölkerung, werden in den Gassen mit den kleinen engen Häusern zusammengetrieben. Dreitausend Menschen gehen in Zwangsarbeitslagern zugrunde. Die, die im Herbst 1942 noch am Leben sind, werden innerhalb von vier Tagen in Güterzüge verfrachtet. Sie sterben in Treblinka, einem Dorf an der Straße 677, unweit der Bahnlinie zwischen Warschau und Białystok, in Gaskammern, gebaut von einem deutschen Maurer, der sich auf Tötungsanlagen spezialisiert hatte.

Im ehemaligen Ghetto sind die Gassen wie ausgestorben. Keine Stille, eher ein dumpfes, drückendes Schweigen, unter dem die letzten Wohnstätten der jüdischen Bevölkerung immer tiefer ins Pflaster zu versinken scheinen. Graue Fassaden, zerfressen vom Verfall. Zugemauerte Fenster und Türen. Alte Hausnummern auf durchgerosteten Emailschildern. Den schmalen Bürgersteig entlang ausgedehnte Brachen. Hin und wieder renovierte Altstadthäuser, hellblau, gelb, lindgrün und rot gestrichen.

Während der Engländer auf dem menschenleeren Platz in der Sonne sitzt, wird er das Gefühl nicht los, als einziger

Jude weit und breit in eine überdimensionale, aller Geschichte und überhaupt jeglicher Erinnerung beraubte Ansichtskarte hineingeraten zu sein.

Im Archiv der ehemaligen Synagoge begegnet er seinem mutmaßlichen Nachnamen in skandinavischer, deutscher, russischer und polnischer Form. Die skandinavische Variante kommt dem späteren Familiennamen am nächsten. Aber auch die Vornamen der Eltern, die Levy bei seiner Einbürgerung in England angegeben hat, sind nicht zuzuordnen, weil sie ständig auftauchen. Die Vorfahren könnten im 18. Jahrhundert wegen der aufstrebenden Textilindustrie nach Piotrków gekommen sein. In dieser Zeit ist es neun jüdischen Familien erlaubt, sich in den nichtjüdischen Vierteln der Stadt niederzulassen, wenn sie ein Vermögen von zwanzigtausend Złoty nachweisen können. Der Engländer ist sich sicher, dass Levys Vorfahren nicht dazugehörten. Er stellt sie sich in einer der Gassen am Rynek mit vielen Kindern vor.

Als die Deutschen in den ersten Septembertagen 1939 in Polen einmarschierten, war der Patriarch in London noch am Leben. Während der drei Monate, die ihm blieben, werden die englischen Zeitungen darüber berichtet haben, was in seiner Heimatstadt mit den Juden geschah. Seine Eltern waren mit aller Wahrscheinlichkeit längst tot. Ob Geschwister und deren Kinder in die Hände der Mörder gefallen sind, wird der alte Mann nicht mehr erfahren haben. Vielleicht aber hat er sich diese Frage auch nicht gestellt, weil er alles, was ihn mit seiner einstigen Heimat verband, hinter sich gelassen hatte.

Der jüdische Friedhof von Piotrków ist ein Trümmerfeld aus Grabsteinen. Verwüstet, überwuchert von hohem Gras, Unkraut und Moos. Armdicke Wurzeln winden sich über zerborstene Gräber. Ausgebleichte, verwaschene Reste von Inschriften und Namen, die keine Ähnlichkeit mit dem des Engländers aufweisen. Viele der Grabsteine ragen nur noch mit dem Kopfteil aus der Erde. Mal ist ein eingemeißelter Löwe darauf zu erkennen oder eine Taube. Was in der Totenbrache herumliegt, wird behütet von einer alten Frau. Sie ist Chronistin eines Ortes, an dem es für sie, da sie nicht Jüdin ist, am Ende keinen Platz geben wird, obwohl sie ihr ganzes Leben in einem Häuschen am Rand der Gräber verbracht hat. Schon ihr Vater, der Steinmetz, lebte dort neben seiner Werkstatt, wo er Buchstaben und Symbole in Stein meißelte, die er selbst nicht lesen und nicht deuten konnte.

Als die Deutschen kamen, war die alte Frau ein kleines Mädchen. Vielleicht sind die Erinnerungen an die Erschießungen am Eingang des Friedhofs nicht nur ihre eigenen und fügen sich zusammen mit dem, was sie gehört und was ihr Vater gesehen hatte, als es geschah. Auf zwei Tafeln sind die Namen von vierzig Toten in Polnisch und Hebräisch zu lesen. Der Familienname des Engländers ist nicht dabei, weder in skandinavischer, russischer, polnischer noch in deutscher Version. Ganz unten, als letzte Inschrift das fünfte Gebot, in der Sprache, die fast jeder versteht: »Thou shalt not murder!«

43

Levy ist allein weggegangen, ohne seine Eltern und ohne seine Geschwister. Nicht Angst um sein Leben wird ihn fortgetrieben haben, nicht drohende Vernichtung. Als er 1871 geboren wurde, lag Piotrków im russischen Gouvernement. Zwölf bis dreizehntausend Menschen lebten in der Stadt. Davon waren etwa sechstausend Juden, die gleiche Anzahl Polen, wenige Russen und ein paar hundert Deutsche. Es gab keine Pogrome, keine Verfolgung. Mit einer Grundschule für jüdische Kinder, einem jüdischen Polizisten und einem jüdischen Feuerwehrmann nahm die jüdische Gemeinde teil an der Organisation des städtischen Lebens. Von den sechshundert Kaufleuten der Stadt waren achtzig Prozent Juden. Vielleicht betrieben die meisten nur kleine Geschäfte und Marktstände oder sie waren als Händler von Haus zu Haus unterwegs. Dennoch gehörten sie, wenn auch von immer neuen Auflagen bedrängt, auf diese oder jene Weise zum Geschäftsleben der Stadt.

Levy war fünfzehn Jahre alt, als er sich 1886 auf den Weg machte. Bei jedem Abschied kommt es zu dem einen Augenblick, an dem dann wirklich geschieht, was sich lange angekündigt hat. Der Schritt über die Schwelle, aus der Tür hinaus. Was bleibt, sind Versprechungen, von sich hören zu lassen, zu schreiben, die Familie nachzuholen, wenn man sein Glück gemacht hat in der Welt. Zurückgekehrt ist Levy nie. Niemand weiß zu sagen, warum er fortgegangen ist. Es könnte der drohende Militärdienst in der Armee des Zaren gewesen sein oder etwas anderes, dem er entkommen musste, in das er verwickelt war und das ihn hinter Gitter hätte bringen können. Eine Tat, ein Vergehen, ein Diebstahl, ein Betrug, wie über zwanzig Jahre später. Nichts davon ist überliefert. Vielleicht, so möchte es sich der Engländer vorstellen, ist sein Urgroßvater auch nur dem Traum von einem anderen Leben gefolgt, westwärts, immer weiter westwärts.

Wenn er den Weg zu Fuß zurückgelegt hat, könnte er von Piotrków aus wochen- oder monatelang einfach geradeaus gegangen sein, direkt auf den Ärmelkanal zu. Morgens die Sonne im Rücken, dann bis zum Nachmittag von links, bis sie gegen Abend vor ihm unterging. Wahrscheinlich hat er sich mit anderen seines Alters zusammengetan, und sie waren gemeinsam mit Rucksack oder einem kleinen Leiterwagen unterwegs. Eintausendfünfhundert Kilometer, durch Deutschland und Belgien, bis nach Calais oder Ostende zu einem Schiff, das sie übers Wasser bringen und für immer trennen wird vom Kontinent. Vielleicht aber ist Levy auch nur bis Breslau gegangen, hat von dort einen der ersten Züge nach Hamburg genommen und sich vom Ausländerquai im nahen Bremerhaven eingeschifft.

Mit Sicherheit hatte er, wie alle Jungen, im Cheder lesen und schreiben gelernt. Ob er jedoch jemals eine Landkarte studiert hatte, ist ungewiss. So könnte es auch sein, dass er eigentlich nach Amerika wollte und jenem Irrtum aufsaß, wie er von anderen Auswanderern überliefert ist, die erst nach einer Weile gemerkt haben, dass sie in London und nicht in New York von Bord gegangen sind.

Der Urgroßvater des Engländers begegnet im East End mehr Juden, als er in seiner Heimat je zu Gesicht bekommen hatte. Er trifft auf die vier Jahre ältere Sarah, seine spätere Frau, die sich mit ihrer Familie schon vor ihm auf den Weg von Piotrków nach London aufgemacht hatte, und er begegnet Armut und Not. Organisierte Banden, Jungen in seinem Alter, die in Whitechapel, dem Viertel der Prostituierten, als Taschendiebe für den Unterhalt ihrer Familien sorgen. Und er trifft in der Goulston Street auf ein Graffito, das Menschen wie ihn, in falschem Englisch, nicht willkommen heißt: »The Juwes are the men, that will not be blamed for nothing« – »Die Juden kommen immer unbehelligt davon«.

Wer war dieser Mann? Levy, der Synagogenpräsident, der Wohltäter, der Suppenküchen einrichtet und Arbeitsplätze in seinen Nähereien schafft, oder der Kriminelle, der Betrüger, der Ausbeuter, der Einwanderer für einen Hungerlohn arbeiten lässt und seinen Sohn und dessen Frau und Kinder ins Unglück stürzt.

Mehr als das, was er in den Archiven gefunden hat, wird der Engländer nie erfahren. Die letzte Wahrheit liegt in den sechs Wörtern verborgen, den einzigen, die Ginger Joe, sein Vater, jemals über seinen Urgroßvater und seine Familie fallen ließ: »They did not look after me.« Den Schmerz hinter diesen Worten hat er mit ins Grab genommen.

44

»Searching the Silence« ist ein Stück ohne Worte, das der Engländer in Bytom auf die Bühne bringt. Es handelt von Zerstörung, Leere und Schweigen. Eine weibliche Gestalt steht, die Arme ausgebreitet, minutenlang abgewandt vom Publikum. Sie verharrt noch immer in der gleichen Haltung, während der Engländer beginnt, eine Kreidelinie über den gesamten Bühnenboden zu ziehen. Sie folgt den geografischen Grenzen von Polen aus dem Jahr 1939. Als die Landkarte von den aufsteigenden Sitzen des Publikums aus sichtbar ist, werden etwa fünfzig bis sechzig Zentimeter große, nach alten Fotografien gebaute Modelle von Synagogen hereingetragen, wie sie über Jahrhunderte in dem katholischen Land zu finden waren.

Während der Engländer jedes einzelne der jüdischen Bethäuser an den Platz auf der Karte stellt, wo es in der Vergangenheit einmal gestanden hatte, setzt sich die Gestalt in Bewegung und verwandelt sich in einen Todesengel. Mit dem Rücken zum Geschehen lenkt sie, ganz langsam, als ob sie beginnen würde zu tanzen, ihre Füße in Richtung der Synagoge von Piotrków, bis sich der Absatz ihrer Schuhe sekundenschnell in ein Geschoss verwandelt und das Gebäude zielgenau vom Platz kickt. Der Engländer stellt es wieder zurück. Der Todesengel aber tanzt weiter. Leichtfüßig gleitet er, schneller und schneller werdend, über die gesamte Landkarte. Mit eiskalter Präzision fegt er die Synagoge von Łódź weg und die von Nowy Sącz, südlich von Krakau, richtet die Hacken auf die Synagoge von Wlodawa, an der Grenze zu Weißrussland, auf die von Wołpa, südwestlich von Warschau, auf die von Tarnów, östlich von Krakau, auf die von Bytom und immer so fort, bis der Engländer nicht mehr mithalten kann und alles im Dunkel versinkt.

Als es wieder Licht wird, sitzen eine Frau und ein Mann in größter Einsamkeit beieinander an einem Tisch. Es fällt kein Wort. Hinter ihnen ziehen auf stummen Filmbildern die Gassen der ehemaligen Ghettos von Łódź, Piotrków und Tarnów vorbei, gesäumt von verlassenen und zerfallenen Häusern. Einmal tritt ein Mann wie aus dem Bühnenhintergrund in den Filmstreifen hinein, geht langsam ein Stück Wegs die leere Gasse entlang und verschwindet, so lautlos und unvermittelt, wie er gekommen ist. Die Gassen unterscheiden sich kaum voneinander. Es ist, als wären es immer die gleichen, auch wenn sie vor langer Zeit durch die unzähligen Elendsorte im besetzten Polen geführt haben. Dort, wo einmal dicht gedrängtes Leben und Lärm gewesen waren, ist alles stumm und leer. Nichts als Ödnis und Verfall. Über den lautlos laufenden Bildern liegen Klänge, erzeugt von einem Synthesizer und einer Bratsche, die die hohen, umherirrenden, schrillen und beängstigenden elektronischen Töne in Bann zu halten scheint.

Wenn ich später an das Stück zurückdenke, nimmt der einzige Mensch, der sich durch den Filmstreifen bewegt, die Gestalt von Ginger Joe an. Tief gebeugt, so will es meine Erinnerung, ist der Vater des Engländers unterwegs im Niemandsland. Einmal scheint er anzuhalten an einem der verfallenen Häuser oder vor einer Tür, die sich nicht öffnet. Dann aber verschwindet er, über den Bildrand hinaus.

45

Im Sommer 2019 steigen die Spurs während der Champions League in ungeahnte Höhen auf. Noch nie, sagt der Engländer, waren sie dem Platz an der Spitze so nah wie jetzt. Alle ihre Gegner haben sie besiegt, als es niemand mehr für möglich hielt. Manchester City kurz vor dem Ende, Ajax Amsterdam in der Nachspielzeit, in der sechsundneunzigsten Minute. Tottenham, dessen ist der Engländer gewiss, wird diesmal die beste Mannschaft des Jahres sein.

Auf dem Schwarzmarkt kosten Karten für das Endspiel den Monatslohn eines Facharbeiters. Als der Engländer in Madrid landet, hat sich der Preis verdoppelt. Das Spiel beginnt am Abend. Die Hoffnung, auf irgendeine Weise ins Stadion Wanda Metropolitano hineinzukommen, hat er aufgegeben. Er will nur noch dabei sein, so nah wie möglich.

Seit dem Vormittag befindet sich das Zentrum von Madrid in der Hand des Gegners. Die Fans von Liverpool haben sämtliche Restaurants reserviert. Während sie sich in Pulks mit roten Schals und eingewebtem Logo »Never walk alone« durch die Innenstadt schieben, irren die Unterstützer der Spurs mit blau-weißen Schals umher und versuchen in Warteschlangen vor Bars und Bodegas, sich für den Abend einen Platz vor dem Bildschirm zu sichern. Als Tottenham-Fan lässt man den Engländer zwar noch in einer von Liverpool besetzten Bar am Tresen Tapas essen und auf das an die Wand geworfene Standbild der Arena starren, die sich langsam füllt. Dann aber muss er gehen. Es wäre ein Leichtes, nur den Schal zu wechseln, den blau-weißen gegen den roten, um sich einen Platz am Tisch des Feindes zu erschleichen. Am Tisch des Feindes aber müsste er schweigend sitzen oder im schlimmsten Fall lautstark den eigenen Untergang bejubeln. Er müsste, um sich nicht zu verraten und nicht in Gefahr zu bringen, das Teuerste verleugnen, was er seiner Mannschaft geben kann – seine unverrückbare, sichtbare und hörbare Loyalität. So sucht er weiter, bis er schließlich auf einen irischen Pub stößt, der noch nicht von Liverpool eingenommen ist. Der Pub liegt im zweiten Stock eines Einkaufszentrums zwischen geschlossenen Läden. Kein Tottenham-Fan weit und breit. Nur ein paar Spanier und zwei oder drei Iren, die aus historischen Gründen weder den Sieg von Liverpool bejubeln noch die Niederlage von Tottenham betrauern.

46

Shakespeares »Sommernachtstraum« ist die letzte Arbeit an der Schauspielschule in Polen. Zum dritten Mal beschäftigt er sich mit diesem Stoff, dessen zentrale Aussage er im Monolog von Titania in der ersten Szene des zweiten Akts findet. Siebenunddreißig Zeilen, die beschreiben, was mit der Umwelt geschieht, wenn Missgunst, Habgier, Eifersucht, Neid, Zwietracht und Gewalt zwischen den Menschen herrschen. Nicht nur das Zusammenleben gerät aus dem Gleichgewicht, auch die Ordnung in der Natur zerbricht. Die Saat verdorrt, verfault, verweht. Aus Wind wird Sturm, aus Regen Sturzflut, die Jahreszeiten geraten durcheinander und mit ihnen der Rhythmus des Lebens. Und all das, sagt Titania zu Oberon, »kommt von unserm Streit, von unserm Zwiespalt her; wir sind davon die Stifter und Erzeuger«.

Keine Bühne, kein geschlossener, kein abgegrenzter Raum. Der Wald von Bytom ist der Spielort für das Stück. Die Zuschauer bewegen sich wie Spaziergänger auf Augenhöhe mit den Akteuren. Hermia, Tochter des Adeligen Egeus, soll mit Hilfe des Königs von Athen in eine ungewollte Ehe gezwungen werden. Hermia aber liebt einen anderen und flieht mit ihm vor dem Zugriff des Vaters in den Wald, der, wie stets bei Shakespeare, ein Ort der Freiheit ist, ein Schutzraum, wo die Gesetze des Stadtstaats Athen nicht gelten. Der erboste Vater hat keinen Zugang, er muss draußen bleiben, am Rand, zwischen Ruinen aufgegebener Zechen des ehemaligen Kohlenbergbaus von Bytom. Von einem heruntergekommenen Parkplatz aus, vollgestellt mit überquellenden Mülltonnen, lässt ihn der Engländer gegen die ungehorsame Tochter wüten. Er droht, sie zu töten, wenn sie sich seinem Willen nicht beugt. Aber er schreit seine Drohung vergeblich durch die Bäume. Er hat keine Macht über diesen Ort. Shakespeares Wald ist verzaubert – »magicalized«, sagt der Engländer, ein Wort, das im Englischen gar nicht existiert.

Der Wald ist das Reich der Feen und Gaukler. Auf einem Weg, der durch den Wald führt, treffen die Zuschauer auf die Personen des Stücks, die zwischen Büschen und Bäumen in ihren Rollen unterwegs sind. Sie treffen auf Oberon und Titania, die sich streiten, sie treffen auf tanzende Elfen, auf die verfolgten Liebenden, auf Puck, den Narren, der alles durcheinanderbringt, und auf einen Trupp Handwerker, die ein Stück im Stück proben wollen.

Dort aber, wo der Weg unversehens endet, stoßen die Zuschauer auf eine Wand aus Beton. Dreißig Meter lang, zwei Meter hoch. Ein riesiger Fremdkörper, brutal zwischen die Bäume gesetzt. Vielleicht sind es Reste einer militärischen Anlage aus der Zeit des Kalten Kriegs, abgerissen oder nie fertiggestellt. Jeder Zentimeter Beton ist Zeile für Zeile mit großen weißen Lettern bedeckt. Wie ein auf Linie gedruckter Text, mit einer an niemanden gerichteten wirren Botschaft: Wahnvorstellungen eines Verstörten oder apokalyptische Visionen eines religiösen Fanatikers.

An dieser Wand lässt der Engländer die Handwerker am Ende des »Sommernachtstraums« das Stück im Stück aufführen: »Pyramus und Thisbe«, ein Drama, in dem ein Paar, das wegen ihrer verfeindeten Familien nicht zueinanderkommt und nur durch den Spalt in einer Mauer miteinander reden kann. Eine antike Liebesgeschichte, die mit Doppelselbstmord endet und bei Shakespeare zur Komödie gerät.

47

Sechs Jahre hat der Engländer mit den Studenten in Polen gearbeitet, als ihn noch einmal der Satz seiner Mutter einholt. Ausländer, heißt es, als sein Vertrag wie jedes Jahr zur Verlängerung ansteht, seien an der Schauspielschule in Bytom nicht mehr erwünscht. Es könnte auch Juden heißen, denkt er.

Über seine Herkunft hat er erfahren, was er zu erfahren imstande war. Mehr gibt es nicht. Auch nicht in der Gedenkstätte Yad Vashem in Jerusalem, wo er ein letztes Mal nach dem Schicksal seiner Vorfahren forscht. Fünfzehn der Tausenden von Ermordeten aus Piotrków tragen einen Namen, der der seines Urgroßvaters gewesen sein könnte, bevor die letzte Silbe im Jahr 1886 an der Grenze zu Großbritannien für immer gestrichen wurde. Gewissheit darüber aber, ob Geschwister seines Urgroßvaters und deren Nachkommen unter den Toten sind, findet der Engländer auch hier nicht.

Auf Kyrill, den Metropoliten von Plovdiv, stößt er auf dem Berg der Erinnerung. Ein sanftes Gesicht unter einem hohen Hut. Ein Geistlicher im schwarzen Kaftan, der für die Haltung eines kleinen europäischen Landes steht, das seit 1941 zu den sogenannten Achsenmächten zählte und sich dennoch den Todeskommandos ihrer deutschen Verbündeten nicht gebeugt hat.

Es ist der 10. März 1943, Aschermittwoch im dritten Kriegsjahr. Eigentlich ein Tag der Beichte, Buße und des

Aschenkreuzes. Für die Juden von Plovdiv ist es der Tag von Purim, die Erinnerung an die drohende Vernichtung der Juden im alten Persien und an ihre Rettung, niedergelegt im Buch Esther. Die Deutschen haben es an Hauswänden und Litfaßsäulen angekündigt: ein Gepäckstück, mehr nicht. Um zwei Uhr morgens schlagen sie an die Türen. Die ersten sechshundert Menschen werden abgeholt. Um fünf Uhr morgens hat man sie im Hof der jüdischen Schule zusammengetrieben. Um sieben Uhr morgens dringt die Nachricht zu Kyrill, dem Metropoliten von Plovdiv, der sie sofort per Telegramm an einflussreiche Persönlichkeiten weiterleitet, wie den bulgarischen Zar Boris III.

Aus den Klöstern ruft er dreihundert Mönche zusammen. Gemeinsam tauchen sie vor der Schule auf. Die deutschen Soldaten stößt er beiseite und klettert im geistlichen Gewand über den Zaun in den Schulhof. Für die eingesperrten Menschen findet er Worte aus dem Buch Ruth: »Wo immer Ihr hingeht, ich gehe mit Euch!«

Dann hastet er zum Bahnhof. Er werde sich auf die Gleise legen, sagt er, wenn der Zug, der für die Deportation bereitsteht, sich in Bewegung setzen sollte. Was er sagt, ist keine Drohung. Es ist eine Entscheidung. Unverrückbar wie eine Tat, die zum Vermächtnis wird.

Der Zug wird den Bahnhof nicht verlassen. Sechshundert Menschen werden gegen Mittag in ihre Häuser zurückkehren. Sie werden den Holocaust überleben, wie über vierzigtausend andere Juden in dem mit den Nazis verbündeten Land.

48

Als Plovdiv im Jahr 2018 zur europäischen Kulturhauptstadt erklärt wird, plant der Engländer mit bulgarischen Künstlern ein Stück wie einen Stationsweg: »From Darkness into Light«. Fünfundsiebzig Jahre nach den Ereignissen vom 10. März 1943, aber am gleichen Tag, am gleichen Ort und zur gleichen Stunde. Keine Bühne, keine nachgestellten Szenen, sondern eine Wanderung durch die Stadt, die im Morgengrauen in der Nähe des römischen Theaters beginnen soll.

Als Eintrittskarte ein Faksimiledruck der öffentlichen Bekanntmachung der Deutschen, der Befehl zum Abtransport. Alle zwanzig Meter eine Licht- oder eine Klanginstallation, die den Zuschauer oder Wanderer weiterleitet. Manchmal ist es ein Gedicht, dann wieder sind es Stimmen von Augenzeugen, die in Ladino, der Sprache der sephardischen Juden, oder in Bulgarisch und Englisch davon berichten, was damals in Plovdiv geschah. Im Dondukova Gradina Park wird die Wanderung an einer Skulptur vorbeiführen, die zum Dank an die Retter errichtet wurde. Der Engländer stellt sich dort eine Performance vor, Bilder, die vorbeihuschen, kurz aufleuchten und verschwinden, wie das Brautkleid der Yvet Anavi, einer hundertjährigen Überlebenden, die heiraten wollte an jenem Tag.

Gegen fünf Uhr morgens werden die Zuschauer oder Wanderer die Schule erreichen. Der hohe Zaun aus Maschendraht, der den Schulhof umgibt, ist mit weißer Folie abgedeckt und wird zu einem geschlossenen Raum. Auf weißem Untergrund laufende Bilder von Zügen und Schienen. Nichts als Züge und Gleise, die sich kreuzen, übereinander hinweggleiten, nebeneinanderher ziehen, endlos, in die Leere. Die Wanderung wird in der sephardischen Synagoge enden, wo geplant ist, die Geschichte von Kyrill bei Essen und Trinken vorzulesen, bei Musik und Schmährufen, wie es zu Purim Brauch ist. Im Alten Testament galten sie Haman, dem höchsten Staatsbeamten im persischen Reich, der alle dort lebenden Juden an einem einzigen Tag hatte töten lassen wollen. Gerettet wurden sie durch Esther, eine der Nebenfrauen des persischen Königs. In der sephardischen Synagoge von Plovdiv sollen die Verfluchungen den Nazis gelten, den Deutschen des Jahres 1943.

Aber die Aufführung findet nicht statt. Für die Stadtväter von Plovdiv, das wie Rom auf sieben Hügeln gebaut ist, bedeutet Kultur das antike römische Erbe. Ein Stück über die Rettung der Juden gehört nicht dazu.

49

Wenn der Engländer jetzt zu Tottenham fährt, trifft er sich nur noch mit einem Mitglied der neuen Verwandtschaft: Der Cousin ist der Einzige, der eine Ähnlichkeit mit ihm aufweist, was bei der ersten Begegnung gar nicht aufgefallen war. Es scheint vielmehr, dass der Engländer nachträglich und in Windeseile in diese Ähnlichkeit hineingewachsen ist. Da sitzen zwei Urenkel des Patriarchen Levy schwergewichtig auf den Zuschauerrängen in der White Hart Lane und helfen sich über die Niederlage der Spurs gegen wer weiß wen hinweg. »Our team lost«, sagen sie, »but the game was better than Shakespeare.«

Ich danke dem Deutschen Literaturfonds für die großzügige Unterstützung meiner Arbeit an diesem Text.

Alles, was auf diesen Seiten zur Sprache kommt, hat sich auf diese oder jene Weise ereignet, jedoch sind keine Person und kein Geschehnis mit der Wirklichkeit gleichzusetzen.

Berlin 2020